一个人的微意志

方婧之 著

作家出版社

目录 >>>

序篇：独自上路

十年前，曾经看过一部电影叫《我自己的德意志》，虽然现今已记不清它的情节，却唯独对这个名字念念不忘。那时我就想，倘若有一天能到德国去，我自己的德意志又会是什么样子？

说起我与德国的联系，还要归功于国足。倘若没有他们2001年的出线，我就不会关注韩日世界杯；如果不看世界杯，自然就不会认识米夏埃尔·巴拉克和属于他的那场经典半决赛；如果不认识米夏，我就不会在2006年世界杯时支持德国队，更不会深陷于那个童话般的夏天无法自拔——那里有最多的德国球迷、有最好看的球衣、每个队员我都欣赏、最喜欢的那个还是队长以及那不世出的教练组——金发克林西与他的黑发助教——组成的最靓丽风景……假如没有因此迷恋上德国足球，我就不会开始学德语；如果没有学的喜欢上了德语语法、德国文化、甚至笃信自己与德国人的脾性相投，也就不会想去德国看一看，就更不会有后来四年的留学生涯。只不过，当时的我没有想到，这一切假如的最后，竟然是个不能更完美的结局：我按时拿到了博士学位，也有幸在爱德国队十二载后，于德国慕尼黑看球大道，目睹他登上世界之巅！

可遇而不可求，就是这段经历最好的注解。其实仔细回想这些年，也屡次被人问过"你还喜欢德国呐？"，是啊！我自己都感到惊讶，在那个三分钟热度的年龄，我对德国的那一点点倾心竟然没有无疾而终，成为一段追忆往昔时"想当年，我也……"的感慨，而是在不知不觉中化为一种情感的习惯。于是，命运之轮成全了我的"一往情深"，使我在合适的时间学习了合适的东西、产生了合适的想法，并在每个可能的岔路口都赐予我一位贵人，引领我画出了完整的圆。

无独有偶。在留德四年中，我对德国的观感也经历了一个圆：从最初莫名的喜爱，到耳闻目见后的时而惊喜时而惊讶，又到深入了解后有如家常便饭的吐槽，最终沉淀成面对老友般的满足与淡定。但我到底不会成为德国人，因为自己始终意识到，相比他们，我还多了一层观察者的身份。一方面，生活确是生活本身，暖阳下的听歌散步、街转角的一杯咖啡、球场中的忘乎所以、写论文时的绞尽脑汁；另一方面，生活却是观察生活：听音乐会，见到的是文化与礼仪；看话剧，关注的是思想与差异；去博物馆，读到的是历史与世情；学语言，体会的是德国人的逻辑与心情；就连日常的银行开户、超市买菜、骑车上街、食堂午餐，也并非纯粹的衣食住行。因这层特殊的身份，我虽然对德国没有定见，但还是想对这与我之前的生活环境完全不同的国度给出自己的理解。

不过有时候也恨这生活者与观察者的双重身份，因为真的有点累，它不仅推着你跳入圈子去享受，还时时将你拎出来保持距离。这有点像老师刚宣布了春游的好消息却又马上接了一句"写游记"那样令人没情绪，而我偏偏还是自找的。好容易去人家过个圣诞节，在回来的路上就开始不由自主地回忆有什么值得一写的见闻；开开心心看了一场球，对球场趣事又不吐不快；就连去食堂吃个饭、坐个公交车，都有可能让我奋笔疾书一晚上。所以初到德国的几年，着实被自己这种不断冒泡的评论癖折磨了很久。不过也正因如此，才能有这本书的诞生。

说到最后，对德国爱恋了这么久，也吐槽了这么久，有一点却是绝对满意的，那就是我的住处——学生城（Studentenstadt）。这个距离安联球场三站的宿舍区，是我在慕尼黑住得最久的地方；而坐的最多的公交，也是直达球场的地铁六号线。这个一到比赛日就堪比北京地铁早高峰趟趟挤爆车车满员的线路，简直满足了我没有球票挤挤也好的谜之情怀。而我也在这间不足20平米的小屋里，完成了对德意志、对慕尼黑的观察，并亲历了美梦成真。

当一件事以圆满作结，人总是喜欢再次经历，就像我偶尔翻看巴拉克告别赛和毕业典礼的照片时，总是愿意接着把目光投向2010年9月30日首都机场的那个下午，我留德生涯的开端。

一 从首都机场到慕尼黑机场

由于我的惜命心理作祟，一直不喜欢坐飞机。所以曾经认真考虑过，要不要坐欧亚大陆桥去德国。想想从连云港一直坐到鹿特丹，坐火车，坐他个几天几夜，该是一件多么爽的事儿啊！虽然要办途经各非申根国的签证是有些麻烦，还有半路被打劫的危险（据说这在动乱地区是有可能的），但是能穿越浩瀚的俄罗斯林海，还是很值得的！不过我终究还是决定一搏，选择了汉莎航空。真的为德国境内发达的铁路和不大的版图感到庆幸，不然到哪儿都要坐飞机的话，我也许就只能龟缩在慕尼黑了吧。

2010 年 9 月 30 日终于来临了。我像做梦一般与家人挥手作别，还没来得及酝酿伤感的情绪，还没按律吃一顿践行饭，便急着忙着迈过了"海关"。两年前去上海，是我第一次坐飞机，那次只有我一个人，也只待一个月；这次是第二次，要去更远的地方，时间也更久，但不同的是，我有了同伴 Weimar（请让我这样称呼你吧，因为你学历史，名字又和魏玛太像了……）。我俩之前都没有出过国，所以对去国际候机室要坐小火车这种事都觉得新鲜。下了火车，形形色色的免税商店便在眼前，象征性地看了看，却也是乏善可陈。倒是捎带手地帮一个机场工作人员买了些化妆品，我才知道，原来在免税商店买东西是需要看护照的呀！眼看时间还富余大半，我们便漫无目的地东逛西逛。Weimar 在机场买了个 Lebara 的手机卡，以备落地就能联系……事后证明，这个卡在英国才比较实惠和流行，而在德国，想充个值都不容易。

终于等到了登机时刻。玻璃玄窗通道外是大写着 LUFTHANSA 的机身。在机舱口，一位德国空婶很和蔼地欢迎我们，再往里走，出现了让我眼前一亮的人物，是一位光头男士。他很有绅士风度的继续欢迎我们，我却怎么看他都觉得眼熟，啊！想起来了，《穿普拉达的恶魔》里那个从小就打着手电在被窝里看时尚杂志的光头设计师，把 Andy 打造成美女的那个！有了这一层，我想他一定是机长什么的吧，后来才知道，其实他也只是一名空乘。

我和 Weimar 很幸运地得到了靠窗的连座。兴奋地望了一会儿窗外，接了梦峥的电话，又给亲友们发了几条已顺利登机的短信，然后就是有些焦躁的等待。原定的起飞时间，在一分一秒地接近，又一分一秒地过去，时间已然过去了二十多分钟，飞机仍然像一幢屋宇般纹丝不动。焦躁似在心头聚集——那是一种莫名其妙说不清楚的感受，世间的所有等待，往往都是最熬人的！终于，在难熬的胡思乱想中，飞机开始颤动，沉闷的轰鸣转入高亢的喧嚣，终于开始了在跑道上的狂奔，我想，从外面看起来，飞机这种庞然大物的狂奔，一定比汽车要壮观和帅气得多吧！离开了地面的飞机，在极力抗拒着地心的引力，向上挣脱，巨大的推背感压向每一个人，闭上眼睛，随着机身向后仰起，小腿阵阵发紧，此时唯有故作镇定……不知不觉间，已身处云端。

一旦开始平稳，心情便会放松不少。的确，在飞机上能欣赏到世间最美妙的云，透过唯一通向外界的门脸——玄窗，居高临下地看着那些来去自由飘忽不定家伙，美意顿生！这是出境后，飞越

蒙古国乌兰巴托时的云彩。想平时我们处在阴影之中，也许几步之外就是艳阳呢？真奇怪我数学也不好，但看着云彩在陆地上投下的几片阴影，就想到了立体几何问题，开始不由自主地计算起它们的面积。

怀着一种好奇心，从空中目视着我们飞越的地区——乌兰巴托、新西伯利亚、叶卡捷林堡、莫斯科（俄罗斯真是太辽阔了，感觉有三分之二的时间都在这片大地上）、明斯克、比亚韦斯托克、华沙、罗兹、弗罗茨瓦夫（我的德国朋友 Sarah 正在这里读研）和布拉格（这个"画面太美我不敢看"的地方，准备用一个周末去一下，据说离慕尼黑很近，只有四个半小时车程），在将近十小时的飞行后，飞机终于穿越了降落前的最后一片云彩，我也终于看到了德意志大地。

我之前没有去过别的国家，也不知道俯瞰的印象是否重合。至少从空中看下去，德国一定是个水分充足的国家，湿气总是显得这么饱满。随着飞机在空中画出的一道如此优美的抛物线，慕尼黑弗朗茨·约瑟夫·施特劳斯国际机场近在眼前。

　　该对本次飞行做个小结啦。

　　经济舱坐席空间确实狭小，出入极不方便，再加上怀里抱了毛毯、靠枕、随身挎包、耳机……十个小时后，身体简直完全处于僵硬状态。食品方面，汉莎提供了午饭和晚饭两顿正餐，中间还有小吃。午餐有"炖牛肉配烤马铃薯、四季豆与南瓜"和"鱼香鸡肉配蒸米饭与玉瓜"两种选择。想到以后吃中餐的机会很少，便选择了鱼香鸡肉，Weimar则选了牛肉。当饿的发昏的她打开盖子的时候，立刻发现了自己的错误。因为盒子里赫然只有牛肉、土豆和蔬菜，见不到一丝米饭的痕迹。我们研究了一圈周围人的饭盒，发现确实不是人家忘记放了，而是菜单上没写就是没有。显然西式用土豆当主食的做法满足不了中国人的肠胃，所以等到晚饭时，本来想品尝"慕尼黑啤酒节特色菜"的我，也适时选择了明确标有"干烧蛋面"

的那一种，而非"纽伦堡香肠配德国酸菜"。事后证明，在飞机上选择吃中餐，虽然味道一般，但还是正确的。因为那时未曾想到，在此后的几天之内，我们会在无可奈何地大嚼"麦当劳"或"汉堡王"的时候，屡次想起飞机上的米饭和面条，用 Weimar 的话说——那可是"吃过的最好吃的饭"。

二 萨尔斯堡

　　上周六进行了第一次自助游，和 Weimar 以及 Jun。拜慕尼黑离奥地利比离柏林还近所赐，我们的第一次旅行就出国了，目的地是萨尔斯堡——这个以《音乐之声》、音乐节和莫扎特、卡拉扬闻名的小城。

　　说到这里就不得不提一下德国奇妙而令人费解的车票制度。不知道 5 这个数字对德国人来说，有什么深邃的内涵，不然为什么只要牵扯到交通，就以 5 人为最优惠呢？德国车票分单人票和五人票两种，1 人买一张拜仁州单人车票要 20 欧，2 人买一张拜仁州五人车票 28 欧，3 人买一张拜仁州五人车票 28 欧，4 人买一张拜仁州五人车票 28 欧，5 人买一张拜仁州五人车票还是 28 欧。真不明白他们怎么会想出这样的卖票方式，难道是想通过这种方式撮合大家一起旅行？所以只有三人的我们，直到出发前的最后一刻，还在不懈地寻找同行者，虽然还是以失败告终了。[①] 而且德国车票大多以"时长"而非"交通工具的种类"为单位。就像我们手握的这张拜仁州五人票，在 24 小时内可以肆无忌惮地坐车，却无所谓坐的是火车、轻轨、地铁、公共汽车还是电车，且又坐了多少次。除此之外，

---

① 　不过最近已经票改啦，现行办法是以一人 22 欧为起点，每多一人便多加 4 欧，上限是五人。

德国的联邦制也体现在车票上，每个州都有自己的州票，像我们这次买的拜仁州票，在拜仁州范围内便可畅行无阻，而且居然还捎上了邻州和奥地利的零星火车站，萨尔斯堡便是其中一个。

从慕尼黑到萨尔斯堡很近，慢车也只要两个小时，而且几乎每个小时都有发车。于是我们按计划凌晨 4 点多起了床，5 点多到了火车站，6 点多吃好了早餐，准时坐在了上座率不足 10% 的车厢里。一切都很顺利，至少当时是这样。慕尼黑站——慕尼黑东站——Grafing 火车站——慕尼黑东（真是名副其实的慢车！），然后是罗森海姆（Rosenheim）——这个足以让我们铭记一辈子的地方。现在想想，在火车停在 Rosenheim 之前，的确是说过一大段话的，只不过我们都太过放松，没有注意这段话其实并不是报站。火车到站……有人下车……这站下车的怎么这么多……怎么都快下空了……怎么只剩我们了……怎么来了个大叔……他说什么？下车？抓紧时间换乘巴士？……我们怎么也站在了站台上，而且……顶着一头雾水。

就在此时，Information 犹如救命稻草般映入眼帘，更令人激动的是，周六的 7 点多钟他们竟然上班了！但问询的答案显然令人无语，我们被告知，8 点会来一趟去萨尔斯堡的火车，但属于拜仁票不许坐的 RJ 型号，所以还要继续等，等到 8 点半 RE 型号来了就行了。好吧，我们开始在候车大厅漫无目的地闲逛。可是，就芝麻点大的地儿，想逛够 20 分钟都有难度，更何况一个小时呢！就在我们已经开始百无聊赖的时候，滚动屏上演了"没有最狠，只有更狠"的一幕，它说我们的列车"将晚点 40 分钟"。大哥，说好的德国的交通准时呢？！难道就是体现在能告诉你晚点晚几分钟？……没办法，车站的商店也逛不出什么花样了，老实坐着吧。仔细看看，大厅的地图壁画其实蛮有意思：

　　Weimar顺手拿了本罗森海姆到萨尔斯堡的列车时刻表，开始看……看……看……20分钟后，她抬起头说"我，好像看明白了"。我接过那本画着繁复表格的时刻表，开始听她讲解。啊！刚才被轰下车后的几分钟内，的确有辆继续前进的巴士，不过那也到不了萨尔斯堡，还要再换乘现在等的这趟火车。当明白了这一点，我们心里顿时平衡了许多。于是我猛然觉得，这个集不同型号列车（包括Bus）、沿途各站、24小时于一身的时刻表，其实很有德国风格。它涵盖了各种情况，你需要做的，就是按时间轴的推移，找到站名和可乘列车的交点。闲来无事的话，还很有点智力测验的味道。

　　经过漫长的等待，终于蹭上了终点叫"萨尔斯堡"的火车！我们这次也学乖了，每次车上的广播都认真听，哪怕听不懂细节，也要知道是不是又要被轰下车。眼看离终点越来越近，就要到倒数第二站——Freilassing了！这时，一直正常的广播又开始滔滔不绝，我虽然竖起耳朵很想听懂，无奈水平实在有限，只知道又出了问题。看着大家纷纷再次起身，我们也开始准备下车。可是……怎么还有人上车呢？这上车的也不少呀！要不再等等……嗯，刚刚落座了一位大婶，"您好，请问是去萨尔斯堡吗？""不！不！这车是去慕尼黑的。"去！慕！尼！黑！我晕。怎么还没送到站就又往回开了？！我们忙不迭地下了车，时刻表上明明没写这一出啊？算了，还是Information吧。还好这次没有让我们等很久，下一趟我们能坐的火车几分钟之后就来了。而且，它真是如我们所愿——到萨尔斯堡。下车，看表，10:30。距我们计划的时间，晚了将近两个小时。不过，不管怎样，终于到达了我们希望去并费了如此之多周折的地方。唉，学好德语真的是很重要啊！

下车后，去Information领了地图，买了一张涵盖了多个景点和市内交通的萨尔斯堡卡。第一站是萨尔斯堡的地标性建筑——高堡（Festung Hohensalzburg）。在萨尔斯堡小城中央，拔地而起一座小山，高堡便建在上面。住在城中的所有人，从各个角度都可以看到它的身影：

而它也俯视着整个萨尔斯堡：

这个城堡曾经做过防御工事，所以不仅有小音乐厅、满天星斗的屋顶和雕花精美的房门，还展出了各种刑具、通讯工具和军服。

从山底到山顶，有一个很陡的小火车，大约1分钟的车程。就是这样细窄的铁轨，前面那个岔口还是用来错车的。

离开高堡，我们决定步行去萨尔斯堡最繁华的步行街 Getreidegasse 吃饭。就在去的路上，又经过了萨尔斯堡艺术节演出大厅（Festspielhäuser），莫扎特出生地（Mozarts Geburtshaus）和萨尔斯堡大学。如此移步换景，真不知应该说是城小呢，还是文化密度大。之前做了一些关于美食的功课，莫扎特巧克力球闻名遐迩自不必说，其他的还有苹果卷（Apfelstrudel）、香肠（Bosna）、Pinzgauer Kasnockn（据说是一种奶酪炸面条）和 Salzburger Nockerln（饭后甜点小团子）。可惜我们只找到了苹果卷和香肠，不过味道还是不错的。

除了公交，萨尔斯堡还有一个重要的交通工具，那就是马车。走在广场上，时不时能和马车擦身而过，在十字路口，也常能见到马车、摩托、汽车、自行车、行人一同等红灯的情形。也许正是因为还保留着马车这样的交通工具，才使这座小城显得如此安静、古朴、亲切而悠闲。高堡在远处静静地俯视，马车在这条大学图书馆和萨尔斯堡艺术节演出大厅之间的路上不紧不慢地发着踢踢踏踏的声音……

饭后准备去郊外的海尔布伦宫及喷泉（Schloss Hellbrunn & Wasserspiele）。《音乐之声》中的玻璃房子便在此处。说是郊外，其实坐公共汽车不过 20 分钟。首先看到的是喷泉，准确地说，那是一座专为喷泉而设计的花园。园子里，但凡有孔的水中雕塑，都可以喷出形状各异的水柱。在这里似乎应该做个友情提示：

"以后可能会来此观光的朋友们，请穿速干型服装"

因为这里的喷泉，绝不止你能看见的那几个。还有一个不得不提的地方，就是在你入园之前，会有一位漂亮的女士拿着相机对你"咔嚓咔嚓"。我当时困惑了一下，但因为很快进入了被喷状态，就把这事给忘了。结果等我们出园的时候……"前面拥着这么多人都是在看纪念品吗……"我带着疑惑走过去，赫然看见了以花园为背景的 Jun 的照片。果然，我的也在其中。其实我对那张照片挺满意的，不过 6 欧的价钱实在太高了。不知道他们这样先洗再卖能赚多少钱，因为 90% 的游客都是饶有兴趣地看着，当被告知要掏钱才能得到照片时，多数人就望而却步了。

其实在海尔布伦宫，我最喜欢的既不是那个喷泉花园，也不是宫殿本身（因为我们压根就没进宫殿），而是那里成片的树林、堆满落叶的小路和温柔的草坪以及草坪上安静的座椅和摇摆的秋千。我们三人在草坪上放肆地蹦跳和大笑。离开这片草地，我们还看到了《音乐之声》的玻璃房子，可惜既没有了 Liesl 和 Rolfe，也没有了 Maria 和 Captain，门只是紧紧地锁着。

回到市内已经晚上 6 点。当我们走到米拉贝尔花园（Schloss Mirabell & Mirabellgarten）时，天色已晚，只有喷泉还在孜孜不倦地工作。

　　说萨尔斯堡是座小城，是因为即使我们到达这里比原计划晚了将近两小时，也几乎走遍了它的主要景点；但是平心而论，这里还是值得多住两天的，譬如在莫扎特博物馆里，可以一边听着他的音乐，一边阅读他写给妻子的信；在一个阳光午后，徜徉于高堡脚下的墓园（这次我们只是路过，可惜没有时间仔细看看那些精美的墓碑）；坐着萨尔斯堡河上的游船再次造访海尔布伦宫；拿出一天的时间参观城里各种各样的博物馆；或者只是在米拉贝尔花园小坐一会儿……都会是一种奢侈的享受！

　　晚上 7 点之后的萨尔斯堡沉静了许多，咖啡店、餐馆、商业街都下班休息了，萨尔斯堡河在梦幻般的高堡俯瞰下，还在静静地流淌……

　　我们在 8 点之前回到了萨尔斯堡火车站，蹬上了"说的是终点站为慕尼黑"的火车。列车上一如既往的空旷。而这一次，它路过 Freilassing 和 Rosenheim 的时候，也没有再和我们开玩笑，真的把我们直接送回了慕尼黑。

三　斯图加特

上周六去了号称德国最富庶的巴登－符腾堡州的首府斯图加特。原来地理课本上学到的斯图加特是一座汽车城，好像跟底特律是一个类型，所以别人问我斯图加特有什么的时候，我第一想到的就是奔驰博物馆。后来看攻略时发现，保时捷博物馆也在这里。这次只有我和 Weimar 两个人，所以毅然决然地弃用了只能坐慢车的"美好周末"票，花 118 欧办了一张半价卡，奢侈地坐快车去了。因为我们都认为，以后旅游会越走越远，德国慢车繁复的换乘和冗长的停站会把人耗死在半路上，比如说有一次我查慕尼黑到科隆，发现如果想看见白天的城市的话，只能午夜 12 点出

发，而且要经过7次换乘；即使刚一到站就往回返，也要第二天清晨才到，而那时，我手里那张仅仅一天有效的车票也早就过期了。所以，当我们这次0换乘、0晚点的抵达斯图加特时，心中格外愉悦。

斯图加特火车站本身就很漂亮，最醒目的便是那个会转动、会闪光的奔驰标，也许这正表明了奔驰在斯图加特的崇高地位吧（虽然后来在其他城市也有看到）。我们到达的时候，这里刚刚结束一场游行，很多手拿绿气球和标语牌的人正在散去，敲锣打鼓好不热闹。开始以为是一些反对残害动物的人们在表达志愿，后来上网查看，才知道那是已经持续了数月之久的"反对斯图加特火车站改扩建"活动。在国外，这类抗议活动与庆典活动初一看竟然不大分明，真是让人开眼界的事情。

第一站去了斯图加特大学。听惯了旅行社的童话之旅、浪漫之路，我某天突然心血来潮，给自己的旅行定名为"大学之旅"，决定以后每去一座城市，便去这里最著名的大学朝拜一下。大学实在不大，而且由于没有围墙的缘故，导致我们走出好一阵了才反应过来已经出了学校，于是又往回走。本想寻找到校牌，去和这所心仪已久的学校合个影，结果这个愿望愣是没能实现，因为一是没有围墙就不好挂牌子，二是没找到主楼。所以只好在一栋"或许比较重要"的建筑前，照了一张带有"斯图加特大学，开普勒大街7号"的说明牌。

离开大学，我们的"学术活动"宣告结束，参观游览正式开始。

斯图加特有一片非常替游客着想的区域，那便是王宫广场（Schlossplatz）。因为这里一下子就包含了数十个景点和主要博物馆，好像我们只是稍稍散了散步，就尽收眼底了。最核心的便是：国

王官邸（Königsbau）、新王宫（Neues Schloss）（见下图）和老王宫（Altes Schloss）——现在是巴登 - 符腾堡州的州博物馆。它们三个呈环抱姿态，合围住王宫广场。可惜我不懂建筑，一直在哥特、巴洛克、洛可可、文艺复兴等名词之间纠缠不清。

王宫广场旁边就是席勒广场，在这里遇到的情景，让我着实没有料到。

如果不是仔细分辨，我第一眼还真没看见席勒在哪儿。本来我以为大文豪嘛，难道不是矗立在广场上供人们静静地追思和膜拜？结果席勒饱含深情注视的这片小广场，俨然就是一个花市。人声鼎沸、热气腾腾，大家的注意力，都在于美丽的花朵和新鲜的水果，也只有我这样的游客，才从花朵之间穿过，给席勒照了一张远景。虽然席勒广场变成了市场，我却觉得很温馨。人们和大文豪之间没有丝毫的距离感，他被人们簇拥在其中，诗人曾经有过的忧思，已化作今天日常愉悦的生活。也许这样的场景，便是一种幸福的象征。在这里，我们也有幸尝到了斯图加特的美食洋葱蛋糕（对于像梦峥一样拒绝洋葱的同学来说，这听起来像个噩梦吧），其实味道真的不错。

来此之前听人极力推荐斯图加特艺术博物馆，不由得一见分晓。这是在古老的国王官邸旁的一座非常现代的玻璃建筑。从四楼俯瞰广场的视角相当好，可惜还是有玻璃的痕迹。真想建议博物馆在这层单辟出来一块露台，供人远眺欣赏。

此时博物馆正在展出"吃的艺术"（Eat Art）。我们怀着好奇而期待的心情进去，却怀着倒胃口和一头雾水的迷惘出来，发现自己果然还是和那种深邃、前卫的思想严重脱节，不然怎么完全不能欣赏，甚或觉得恶心？譬如发霉到长了绿毛的一顿午餐，堆满垃圾的旋转厨房，塞在高跟鞋里的臃肿的面包，像五马分尸一样切割香肠的机关……还有我和 Weimar 耐心地坐在一个小黑屋里观看了一部"可能是关于面包制作"的短片，看完之后沉默地对视了良久，然后异口同声地互问："什么意思啊？"倒是有一间有趣的屋子，外面写着"禁止触摸"，乍一进入便会闻到十分熟悉的香气，但是停留稍久，就受不了这种腻味的浓郁了。最后忙不迭逃出来，一瞬之间猛然发现，原来这竟是巧克力做成的屋子！

离开艺术博物馆，散步到王宫广场外围——一片极其浪漫和富有灵气的艺术区。不知是不是这一汪池水的缘故，又或者是那天的阳光太过灿烂，只觉得很想就这样坐着，看着它们，消磨一整天的时光。

岸边还有一棵很美的金树，我在这里流连了很久。

这片区域对面是历史博物馆和州立画廊。在它们之间有一座富有深意的雕塑。

来此之前一直持守的概念是：那些过于现代的城市总是新鲜有余而韵味不足，毕竟历史积累不足的城市才会更容易被所谓"现代"侵蚀，尤其那些被冠以"汽车城"的都市，还不是现代工业发达以后的产物？直至亲眼看到斯图加特和它的历史建筑，以及如此窈窕而婀娜的池水和岸边，才感受到她竟有传统气息醇厚、身姿柔和多情的一面。

离开中心区，和 Weimar 去了斯图加特电视塔，从那里可以俯瞰整个城市的夜景。城市的灯光一片接着一片，煞是繁华，公路蜿蜒其中，恰如穿针引线。可惜夜景虽美，却无法保留在相机中，我拍的照片无一例外的全部虚化，有的效果简直惊悚。

当晚住在了斯图加特。每年 10 月的最后一个周日的凌晨，是德国改为冬令时的日子，从这一天起，就与北京相差 7 个小时，空间的路程也显得更加遥远了。办理入住手续时，老板娘说明天早上 7:30 开饭，我们心下颇感疑惑：这个 7:30，到底是哪个 7:30 呢？看德国人自己，好像对于调时间这事满不在乎，我们问她"是不是要往后推1小时？"，她想了半天才说"噢，是是"。后来发现，估计冬令时这程序早就输入到他们大大小小的计时设备中去了，因为我们用遥控器看电视上的时间，头天晚上是夏时制的，第二天早上再打开一看，果然已经变了。本以为在这一天，将看到工人们搬着梯子爬上爬下调表的壮观景象。在这里我还第一次看到了德国的电视节目，分外耳熟的"德国电视二台"和"天空体育"都悉数登场，还正赶上"天空体育"在播弗里德里希（前国脚3号）的专访。

旅店不大，却布置得相当用心。门外贴着地铁时刻表。房间里我最喜欢的便是这套颇有列车味道的桌椅。

还有梦幻般情调的餐厅。德国的早餐几乎全是冷食，热的除了咖啡就是袋泡茶。这对于在国内吃惯了教工食堂热气腾腾的小笼包、乐群三层的肉包子、一层的紫米煎饼和金黄的油饼油条、豆浆豆腐脑豆粥米粥馄饨换着样的吃还嫌品种少的我来说，真是对肠胃的考验。据说德国的冬天漫长而寒冷，真不知道在灌满一肚子冰冷的食物后，还有否勇气走到室外的寒风中。那些其貌不扬的面包，藏在一个并不豪华敞亮的柜橱里。香肠十几种，奶酪和黄油十几种，蔬菜水果沙拉若干，当然还有大名鼎鼎的 Müsli 塔。

　　Müsli 这种东西其实就是混合麦片，是我宿舍的早餐必备，每天早上用冷藏的牛奶泡上一碗，连嚼带喝的吃完，既饱又寒冷。这里的麦片配料和我宿舍中的不太一样，是松子、葡萄干、腰果、玉米薄片、膨化巧克力米等，不像平时吃到的，只有坚硬的类似荞麦皮的谷物，每吃一次就相当于磨练一次牙齿。由于前一天晚上没有吃饭而饿得太狠的缘故，我和 Weimar 在这一方天地里各自完成了从未有过的创举，仅她一人就吃了两个面包、两个鸡蛋、一盘鸡蛋培根炒洋葱、一杯咖啡、一杯牛奶、一杯 Müsli、香肠十来片、蔬菜沙拉若干……其积蓄的能量之大直接导致她一整天都没有再吃东西。

　　离开旅店，我们向斯图加特最后一个目标进发，其实这本是我对斯图加特念念不忘一心要来的首要原因——奔驰博物馆。和宝马车相比，我更喜欢奔驰，也许是因为喜欢她的名字——梅赛德斯。更因为这个名字，是以奔驰初期一位重要代理商的女儿的名字命名，这种"父爱"的感觉，给奔驰平添了一种浪漫。貌似德国人自己都是以"梅赛德斯"来称呼"奔驰"的。

　　非常喜欢奔驰博物馆的一大原因，是这里配备了中文解说器。此前听人说，在这里逛三个小时都不过瘾，觉得不可思议，现在终于有些理解了言说者的心情。当你能够听懂她的历史，明白了展出的每辆车所具有的重要意义时，自然就会流连忘返。奔驰到底比宝马历史悠久，在宝马还没有开始生产汽车的时候，奔驰就已经拥有了这样经典而完美的产品。

　　为了赶上中午的火车，这次的奔驰博物馆之旅不得不在时间的催促中结束，必须加快速度离去！快到只记得在不停地下楼、下楼。马上就要离开这里了，再回看一眼奔驰博物馆那座亲近时间太短的建筑，真是满心遗憾！不过，我想斯图加特我还会再来的，那时候我要拿出一天的时间，泡在里面慢慢欣赏。

　　这是我和 Weimar 在斯图加特的最后一站，是时候给她一个评价了。上面提到过的一切，我都喜欢。静谧的斯图加特大学，开阔的王宫广场，喧闹繁华的席勒广场，水边的国家剧院，印有中文解说的奔驰博物馆……但是，她们都不是我想要再次回到这里的决定性理由。不错，她们是斯图加特最有代表性的景致，但我最爱的却是另一种味道。斯图加特是被山环抱的城市，当我刚刚走出火车站、放眼远眺时，看到的是公路尽头，随山连绵起伏的房屋和彩色的树木。山在城里，互为彼此，息息相通，触手可及。或许中国的重庆也是这样，但我还未曾亲见。

　　还有斯图加特的地铁。这里的地铁，有多一半是在公路上跑的。当你走在大街上时，说不定和你擦身而过的，不是公共汽车、不是

电车，而是地铁。公路上布满轨道，即使在有红绿灯的路口，地铁也无需停车，可以飞驰而过。当我看着身边的汽车嗖嗖地被甩在身后时，内心竟会涌起一股莫名其妙的感动！

在我看来，斯图加特是个安静而温馨的城市。它在某种程度上，用生活来调剂某些本应高高在上的建筑，使它们变得亲和。譬如席勒广场的花市，国王官邸前的咖啡座。

　　这一切会让你觉得，急什么呢？生活多美好！说到这里，我想到鲜花在慕尼黑也是相当普遍。我们看惯了水果摊、蔬菜摊，但在慕尼黑，沿路售卖的，还有各式各样的花朵。超市里也是如此，在收银台附近的货架上，摆放着一捧捧鲜花，经常看到结账的顾客，顺手抱一束回去。与我们往往是买花送人不同，他们更多是装点自己的生活。

　　另外，还看到了骑警。不过我一直觉得，这还是观赏性大于实用性的吧？

当然，斯图加特也还是有不尽如人意之处。譬如到达电视塔和奔驰博物馆的交通线路不仅稀少，而且发车的频率极低。当我们按指示在某一标着"去电视塔在这里下"的地铁站下车后，却发现还要走很远的路。遥看电视塔，便会想起"望山跑死马"的中国谚语，她远远地矗立在那里，简直无须仰视！安排的公交车，也是有且仅有一种，还30分钟一次。而从奔驰博物馆出来后，离它最近的地铁线竟然处在关闭状态，让我们差点耽误了火车！这真的成了Weimar对斯图加特印象不好的一大原因。在那一刻，我也似有了同感。

备注：到了这里才想起来，克林斯曼家的面包店就在斯图加特不远的小镇上，可惜不知道确切地址，不然一定前去拜访。

补记：这个愿望已经在 2015 年 6 月 10 日德美友谊赛当天实现了。

四　海德堡

　　从斯图加特坐火车40分钟，便可到达中世纪的古城——海德堡，一个让歌德把心遗忘的地方。

　　据说，海德堡很小，小到一幅照片就能够把她尽收眼底：内卡河穿城而过，河上有一座古桥；两岸是山，山上有一座古堡；从古堡远眺，那座出类拔萃的，便是圣灵教堂。离教堂不远，是海德堡大学和图书馆。与之遥对的内卡河彼岸，还有一条"哲学家小路"，蜿蜒而上可达"俾斯麦柱"。

古堡并不在山的最高处。而乘坐这种砖红色的小火车，经过一段并不陡峭的山路，便可以到达终点——最高峰"国王宝座"。

古堡本身也是近乎迷人的砖红色。

圣灵教堂也是如此：入其堂奥，幽深玄妙，似有天音，阵阵回响……"圣灵教堂"的名字，总让人心生敬畏，好像我们置身于逝者的安息之所，于是情不自禁地压低声音，以免惊扰在此栖息的灵魂，似乎相机的快门声都太过刺耳了。而砖红色的高柱，简约而精

细的穹顶，又让我想起《指环王》中魔戒护卫队经过的莫利亚王国，矮人修筑的那座极宏伟的地下宫殿。

我们还碰巧赶上了今冬来临之前的最后一班游船，于是在渐行渐暗的天色中，一块芝士蛋糕、一杯热巧克力、一张未写完的明信片，掩映在内卡河两岸旖旎的风光里。

　　古桥灯火，似也可烛照历史……

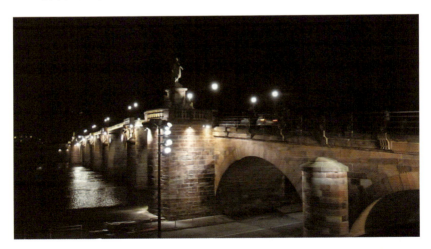

　　我们到达海德堡大学时，已是暮霭沉沉，夜凉如水。只有那些稍显热闹的街市，似可见出她日间的神采。

　　海德堡的颜色就是这样的砖红色，它不似青砖那样充满现代感的古朴，却仿佛每片砖瓦都有说不尽的故事。也许这更像是历史的颜色，厚重、悠久、典雅、睿智。感觉时间在这里，都会放慢脚步，静静地流淌。或许生活在海德堡，永远都不会有焦头烂额和气急败坏的感觉，当你心中烦闷难以排解的时候，坐着小火车到"国王宝座"成片的树林中呼吸新鲜空气，在中世纪的街道上散散步，躺在内卡河岸边的草坪上晒晒太阳，在古桥上凭栏远眺粼粼的江水，哪怕在圣灵教堂的座席上沉默一天，便可任由历史和时间融化了你的忧郁。

离开海德堡的时候，我简直也要将心遗忘在那里了，只不过和歌德不是同样的原因。

五 科隆

科隆一直都是我向往的城市。起初是因为喜欢这个名字，谁让我对 K 打头的字总是有一种莫名的好感呢？而且觉得科隆这两个字甚是大气，脆生生的念诵，毫不拖泥带水。那座出了名的大教堂，只在电视上看到一眼，便立刻被震撼了。精致已不足以表现它的繁复，宏伟也不足以描述它带给人的压迫感，直冲天际的鬼厉，也许才是它如此吸引我的原因。所以一到科隆，我便马上想要体验一下被压迫的感觉。

事实上，坐火车坐到科隆中央车站，想不看见它都难，因为它就在火车站旁边。站在这样的建筑面前，会觉得相机啥的都是白费，还是眼睛最广角。我向后"奔跑式"倒退，终于在几百米后勉强把它纵向全部放进了镜头中。和想象的一样，科隆大教堂确实相当漂亮。建筑的线条犹如瀑布一样倾泻而下，并在底部卷起几个精致的浪花。这同时又让我想到曾经看过的《恐怖蜡像馆》，影片最后那座蜡制的房子从各个角落融化时，也是这种效果。不过我更愿意把它想象成一块硕大的巧克力，不然会有些倒胃口。

各处花纹雕刻精细已极，不知道是多少"劳动人民的心血"呢？

很喜欢大教堂的配色，白色、浅灰色、深灰色、青色、金色，很有种低调的华丽范儿，庄重而不死气沉沉，古典而又不乏现代感，虽以冷色调为主，但不咄咄逼人，也不冷酷，反而因为有金色的点缀而泛出柔和的光。

教堂内部，流水的感觉更胜一筹，感觉到处都是涓涓细流。与海德堡圣灵教堂光滑而简约的砖红柱相比，人们在建造科隆大教堂时，显然恨不得把每根小柱子都精雕细刻一番。

同样精细的，当然还有教堂的玻璃窗。

讲述的是什么故事暂且不论，单是如此艳丽和明快的色彩就足以

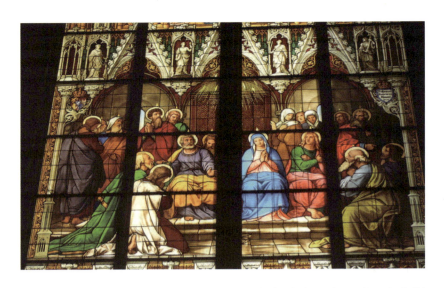

征服我了！红橙黄绿青蓝紫白，每个颜色都非常纯净，对比十分鲜明。而且勾边的黑色线条流畅，水墨配比完美；还有人物的神态，衣服的褶皱，阴影的绘制……可能立体感并不十分突出，但的确令人过目难忘。不愧是著名的科隆大教堂！虽然我在随后的一两天，又几次经过这里，到后来都有点审美疲劳，但每次还是会忍不住仰望一下她的身影。

紧邻大教堂的，便是莱茵河和铁路桥。所以看到很多明信片上写的都是"莱茵河畔的科隆"（Köln am Rhein），这和"美因河畔的法兰克福"（Frankfurt am Main）有异曲同工之妙。此铁路桥相当繁忙，据我目测，几乎每五分钟就有列车缓缓驶过。此桥距离大教堂如此之近，让我觉得每趟列车都是蹭着大教堂开进火车站的，闭上眼睛就能想象出她的某个棱柱被磨得锃光瓦亮。而上图也是个经典角度，很多明信片都是在此构图的基础上，照出湛蓝的、蓝白相间的、玫瑰色的、金黄的天空，要不就是夜景。让我以为大教堂即便在夜里也别有一番风致，结果当晚一出地铁，眼前所现却是漆黑一片，灯火遁于无形，自然也辨不清东南西北，只好悻悻归去。

　　铁路桥上还有一个特殊景致，那就是"爱情锁"。

　　原来外国人也是爱搞天长地久这一套的，还要用锁锁起来。

　　相比之下，河上的鸟就悠闲得很了。它们似乎特别偏爱这根旁逸斜出的铁杆，我每次经过，都座无虚席。脚下是滚滚的江水，远方是高耸的教堂，顿时唤起了我这远在万里之遥的过客思乡的情感，那也应该是一种沧桑之感吧。

　　当晚住在青年旅舍，这布局一下子让我想起了大学本科时的宿舍。

　　不过很幸运，我只买了一个床位却得到了整间屋子，入住的就我一个人。青年旅舍和宾馆的不同还在于，第二天早上退房时，要把自己用过的枕巾、床单、被罩带到楼下，放进收集篮中，这感觉果然很学生宿舍。

　　第二天一早便去拜访科隆大学，Universität zu Köln。当初就不太明白好端端的为什么中间加个 zu，后来听说只有这种历史悠久的大学才会有这样的写法。科隆大学始建于 1388 年，是德国第二古老的大学。那么第一是谁呢？就是我上次只在夜幕下匆匆一瞥，未见其尊容的海德堡大学。可是海德堡大学为什么中间没有 zu ？原来 Uni Heidelberg 只是她的简称，全称是 Ruprecht–Karls–Universität Heidelberg，是以对学校有卓越贡献的两位人物命名的。这就和我所在的慕尼黑大学很有几分相像了，她的全称是 Ludwig–Maximilians–Universität München，所以缩写是 LMU。一般像科隆这样的城市，又像科隆大学这样的大学，公交总是会设有"大学"站的，甚至其主楼前的街道，都被命名为"大学路"。

我心仪已久的科隆大学，初见的印象却并不好，最先映入眼帘的，竟然是一大片工地。我顿时错愕了，看着指路标的箭头，没错啊！难道这片大坑就是主楼？我正赶上他们把主楼拆了？！想起刚刚坐电车时路过了大学食堂（Mensa），还是先去那里考察一番吧。

大学和食堂之间是一大片草坪，感觉这样的设计还是很合理的。同学们吃完饭，在草坪上散散步、晒晒太阳，神清气爽了再回去学

习效率一定会更高。现在是周日上午 10 点，隔三差五的会有晨练的人从我身边经过；远处一家子正与狗在草坪上嬉戏玩耍，笑声、呼喊声不时传来。

原来主楼并没有被拆掉，只是旁边在改建。本来试图从那座钟表下边的门穿过，去前面看看她的真容，结果发现所有的门窗都是紧锁的。这倒是令我惊讶，自从来到德国，几乎没遇到过门推不开的情形，在慕尼黑大学里，尤其如此。记得有一次晚上 7 点多下课后，我们尝试着从后面的教学楼穿花园到主楼，一路遇到了高大的、破旧的、沉重的、玻璃的、现代的门，每每以为会被挡驾时，却都能畅行无阻。自那以后，就形成了"是门就能开"的认识。

从外围绕到主楼正面，终于见到科隆大学的真面目，那是绝对高大上的气势。

在主楼门前，有这样一尊雕像。

大阿尔伯特（Albertus Magnus）。拍摄时我尚不知他的身份，更不知他有过怎样的事迹。回来后上维基百科查了一下：此人为中世纪欧洲最重要的哲学家和神学家之一，是多明我会神父，以博学著称。曾经担任过雷根斯堡（Regensburg）的主教，在拜仁地区布道；科隆也是其主要的讲学场所。在但丁《神曲》中，大阿尔伯特被当作知识的热爱者列入天堂的太阳层中。

主楼对面是其他院系楼，还有阶梯教室（Hörsaalgebäude）和研讨楼（Seminargebäude）。由大阿尔伯特广场（Albertus-Magnus-Platz）连通，车行至此全要转入地下。我过去听人讲过，复旦大学也是这种牛法。据说上海曾经想在复旦大学门前修高架路，复旦坚决不同意，只好改修了隧道，这才作罢。不管怎样，科隆大学，如果仅从外观考量的话，令人觉得相当不错的也就是主楼了，也许是第一印象太过惊愕的缘故吧。

告别了我的精神之旅，此刻心中只有巧克力博物馆（Schokoladenmuseum）。不愧其"巧克力博物馆"的称号，一进门，扑鼻的巧克力香气立刻弥漫周身。视线所及之处，有个巧克力生产线正在制造着形形色色的巧克力奇观，那香味便源源不断而来。

有一位工作人员，拿着

大把的威化饼干往热乎乎的巧克力池中蘸过，然后分发给参观者。我尝了一下，其实没有我想象的好吃，可能巧克力还是固体的更合我的胃口。

看着生产线上这不断出炉的瑞士莲（Lindt），真让人心痒难耐。巧克力可是我宿舍的必备食物，从来不能断顿的。而且自我尝试过超市0.35欧的黑巧克力并觉得味道不错后，这种趋势就愈发不可阻挡了。

除了规则形状的巧克力板，还有各种各样姿势的圣诞老人和抱着蜡烛的小天使；有的还做成科隆大教堂的样子，竖着两个尖顶。

巧克力松露（Trüffel）也是不可或缺，这个单词无须多久便会牢牢记住。这个货架只是巧克力商店的冰山一角，看看那位女士的表情吧，我看它们的眼神估计也是这样幸福满满的。

科隆的博物馆还是相当多的，紧邻巧克力博物馆的，就是德国体育与奥林匹克博物馆。而大教堂附近，更有不下四家。

路德维希博物馆（Museum Ludwig）展出后现代的艺术作品，近期特展是"Remembering Forward"。罗马-日耳曼博物馆（Römisch-Germanisches Museum），展出史前到中世纪的考古发现。

瓦尔拉夫博物馆（Wallraf-Richartz-Museum），展出很多古典主义的绘画，近期特展是"生与死——在绘画与摄影中的人们"（auf Leben und Tod：Der Mensch in Malerei und Fotografie）。这个展览将古典绘画作品和现代摄影作品放在一起进行展出，分为"诞生""儿童""青年""美丽""夫妇""反思""住所""衰老""死亡"九个主题。其中有一张温莎公爵和辛普森夫人晚年的照片，两人相视微笑，那种情意的流淌非常动人。可惜在博物馆商店与展览有关的明信片中，并没有这张照片。不仅"生与死"特展，瓦尔拉夫博物馆楼上几层都是古典绘画的展厅，可惜到最后体力透支严重，满眼的字母已经难以刺激我的大脑，很多作品都是走马观花了。但是瓦尔拉夫博物馆的确给我留下了非常深刻的印象。

在瓦尔拉夫博物馆斜对面，是另一家有着特殊意义的博物馆，所展出的物品，对于科隆人来说，恐怕是除大教堂之外，最令他们骄傲的城市标志了。这也是我科隆此行的又一兴趣所在，到底是什么呢？

"4711"，科隆香水（Kölnisch Wasser）的代号。世界上最早的古龙香水，"47"和"11"分别是当时生产作坊前后门的门牌号。记得暑假上 Herr 付的课，貌似是讲专有名词的形容词化吧，他提了一句 Kölnisch Wasser，看我们一如既往的一脸茫然，也就习惯性"处变不惊"地继续解释："就是科隆香水啊！很著名，能和法国香水相提并论的。"其实解释和没解释差别实在不大，因为我同样没听说过"科隆香水"。但是拜 Herr 付所赐，我记住了这个名字。

"4711——真正的科隆香水"。在科隆中央车站，这样醒目的标

识不只一处。来之前曾经问过我的 Mentor，"听说科隆香水很著名？"他的家乡就是在离科隆不远的小镇上。结果他的脸上浮现出了一种令我完全没有料到的勉强表情，说："科隆香水啊……啧……呃……那个味道……噫……好像都是老年人比较喜欢这个吧……"就这样，带着对科隆香水的强烈好奇心，我尝试着买了一小瓶。然后立刻打开闻了一下——好像是一种精油的味道，又好像是没放糖的花露水。如果说我曾经闻到过的话，那肯定是在家里花露水洒多了的软塑料毛毛球上，当然香水更含蓄，没那么刺鼻的浓烈。带着"哦，原来是这样"的心情，我把它塞进了包里。

直至此时，除了科隆大教堂和科隆大学，我对科隆这座城市的印象依旧是没有印象，尤其走在熙熙攘攘的步行街上时，觉得和王府井也没什么两样。如果看不见大教堂的两个尖顶，也许就是个可以被安上任何名字的国际大都市。后来，我看到了这条小街，才开始觉得科隆倒是也有点大城市中难觅的悠闲。

在一个阳光明媚的午后，几个朋友聚一聚，喝杯小酒聊聊天，

顺便推孩子出来晒晒太阳。仔细看露天吧台上的啤酒，是科隆的特产 Kölsch，专用这样细长的小杯来盛。感觉他们总是喜欢生活在室外，即使现在这样寒冬腊月的天气，也经常看到有人坐在露天座椅上，裹着店家提供的厚毛毯，捧着一杯热咖啡慢慢品味。

空场上是一处尚在搭建的圣诞市场，酒桶已经整装待发、准备就绪。还有感觉是木质的微型摩天轮，不知道安全系数怎样。

又一次路过了科隆大教堂，它日复一日地站在那里，教堂前广场上的卖艺者倒是一天一个样。早就听说过立体画，这次见了个真的，视觉感受出奇得不一般。

下面这张照片是在中央车站的通道里，你能猜到这些人在看什么吗？

嘿嘿！那一定是德甲。啤酒和足球，看来真是德国人生活的两大支柱。即使等火车的这段时间，他们也不忘看上两眼，还都那么群情投入，呼喊声一浪高过一浪的。最后这个人有点夸张，竟然还把车停下来看。

回到火车站，即将告别科隆。我带着强烈的期待而来，带着有一点"不过如此"的感觉而去。大教堂很美没错，科隆大学至少主楼也还颇有威严，巧克力博物馆也很有意思，瓦尔拉夫博物馆我非常喜欢，但是——却没有什么留恋的感觉。也许是因为它引以为傲的一切，都被我装进书包带走了。科隆有大教堂，但对于我这样的非教徒，明信片和照片也就够了；科隆有香水，我装了一瓶带走；科隆有 Kölsch 啤酒，我喝了啤酒，买了酒杯……甚至有一瞬间，我还觉得科隆是座"狡猾"的城市。最初是因为科隆大学，他们的主楼明明白白的写着"主楼"（Hauptgebäude）二字，就像专门等着人照相一样；外观是玻璃结构的研讨楼看起来有点萧条，周围还是工地，但一进镜头就显得富丽堂皇。后来是因为科隆商家，感觉他们绞尽脑汁的将科隆特产化，譬如把一切物品都印上那两个尖顶，生产大大小小规格不一的科隆香水瓶等。你在科隆是不愁找不到纪念品的，任你信手一抓，就是大把的科隆特色。但是，你把这些带回家以后，想想"看上去很美"的科隆到底还有什么？便会陷入长考。没有斯图加特那种城在山中的旖旎，没有海德堡的古朴，科隆到底是什么感觉的城市？唯有茫然。

　　当然，旅行的乐趣还是有的。由于这次是一个人，留下的人影就更少了。通过帮一对德国情侣、一位印度人和一位讲英语的女子照相，我换来了三张自己的照片。可惜我的德语水平还是让人泄气，咨询的时候总是被问"Englisch besser？"（英语更好吗？），结果我只好惭愧地说"还是德语吧"。这在某种程度上激发了我的耻辱心，加倍努力吧！不要再让我听见"Englisch besser"这句话。

六　音乐会

　　这个周末有点邪门。手握两张很好的音乐会门票，竟然找不到可以一起去听的人。Sonja 不在，因为要去看戏；安娜不在，她回了意大利的家；敏娜不在，她到海德堡会朋友去了；Weimar 不在，因为要去纽伦堡玩；Jun 不行，因为要准备期中考试；当我带着绝望的心情询问名单上倒数第二个名字乔子时，她告诉我，非常愿意，可惜最近资金短缺。事情也很巧，我不需要她出钱，票是别人送我的，而且演奏曲目中，有日本著名作曲家武满彻的作品。更重要的是，乔子非常喜欢古典音乐，经常自己跑去听音乐会。多么完美的

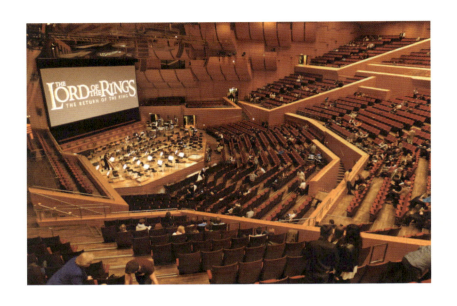

人选！事情总是这样柳暗花明，有时郁闷的让人想仰天长叹，转瞬间又会有最美妙的结局。

原来乔子早就去过 Gasteig，这个慕尼黑最著名的艺术活动中心之一，我反而被她一路领着去了音乐厅（Philharmonie）。到了"预留中心"，人家却告诉我：并没有吴先生留的票！让我去后台入口再问问。到了那里，同样没有！看着人家那么斩钉截铁地说 Nein（没有），我只好败下阵来。可是接下来怎么办？正在发愁，却看到一位东方面孔走过，他身着演出服装，应该是位小提琴手吧，很可亲地冲我们微笑了一下，还点点头。这给了我很大勇气，遂走上前去，脑残的问话脱口而出："您是谭盾先生吗？"他吓了一跳，忙不迭地摇头"不是不是"。我把我的困难一股脑儿地说出来，他一直耐心地听着，面露关切的神色。也许是我的眼睛流露的全是焦急和期待，他非常主动地说去帮我问问。过了一会儿回来了，告诉我"送票的人去得晚了一点，现在票已经在'预留中心'了"，依旧是那样温和而真诚的笑容。我深深地道谢。那一刻觉得自己真是备受眷顾的人。在我陷于无助的时候，他就像上天派来的使者，帮我解决了一切困扰。

音乐会很好，德国听众的素质也比较高，这就出现了非常有意思的一幕。演奏时鸦雀无声，间隙时咳嗽声、清嗓子声此起彼伏，好像不是一直憋着将咳嗽声留到现在，就是趁间隙时猛咳几下，把下一首要咳的一股脑儿咳完。还有在德国当观众也不容易，为了表达自己对演出的喜爱，在谢幕时要不停地鼓掌，指挥进去了，又出来，小提琴手进去了，又出来，指挥和小提琴手进去了，又同时出来……反反复复不厌其烦。这让我想到在德国看戏也是如此，演员们总是一起谢幕，下台，却并不走远，等着观众掌声再度呼唤，然后又谢幕，下台……得这么来个四五次才罢休，有时觉得观众的掌声快断了，就赶紧跑上来接上。当然，返场次数的多寡直接反映了观众对演出的认可程度，当个观众也是真累啊！完全不像中国戏剧的谢幕，演员由次到主依次上台鞠躬，然后站成一排，一起鞠躬，中间，左边，右边，上边，灯光，音响，如果掌声十分热烈，也不过是再一起多鞠几次躬，完全不会折腾自己跑下台再跑上来，这给观众的信息也十分明确，如果演员下台了，他们就可以退场了。

坐在这样的音乐厅里，你会不由自主地想很多事情。受着古典音乐的熏陶，看着现代戏剧的创造，聆听不同讲座的思想，拜访各种专题的博物馆，参加热闹的聚会和游行，电影和购物更不必提……而且对于学生，票价往往都很低廉，完全享受得起。生活在慕尼黑的我，是多么幸福啊！如果我的德语能更好些，一定会有更大的收获！为了能更多地享受到慕尼黑的优越，还是努力修练我的德语吧！

还发现了一个有意思的事情。当我们外出旅行时，总会留下很多照片，其实看这些照片，就能看出摄影师关注的东西。譬如我，不喜欢照人像，更喜欢有意思的客体，我想通过照片保留的，是我照时的感受和一些独特的场景。就像我特意用一个上午出去采风，拍摄德国地铁、地铁里的巨型狗、停在路中间上下车的有轨电车……我想让自己的照片包含更多信息，让观者能够得到同一的感受，甚至每张照片背后都要有说明的空间。砚儿与我不同，她似乎更乐于拍摄一种情调，镜头的运用已经相当纯熟了，色彩、虚实、构图、搭配都不错，经常去纽约公园等地写生，也自己修片。如果说她的作品是艺术家对美的追求，我的就更像是记者的眼光吧。

七 Jazz

　　昨天是我第二次在慕尼黑听音乐会，也是第一次听 Jazz 音乐会。一提到爵士音乐总是想到情调二字。在鸡尾酒会上，或者在一个布置的格调高雅光线柔和的酒吧中，人们身着晚礼服，手中托着酒杯，边低声交谈边欣赏音乐，或者随着音乐的节拍轻轻起舞，直到微醺。似乎爵士乐总是和"情调、浪漫缱绻、萨克斯风、高脚杯、三角钢琴、红唇、XO"连在一起。果然我一拿到票，就感受到了它与交响乐欣赏方式的不同，因为票上写的不是几排几号，而是第 20 桌（Tisch 20）。

　　进入会场，舞台并不大，一架三角钢琴已在其上。我的 20 号桌，已有两人在座。刚到的时候，小伙正起身离去。姑娘很健谈，我们像熟人一样聊起天来。一开始我以为她是德国人，原来不是，是俄罗斯的。家乡在×××，她说原来是首都，是仅次于莫斯科的第二大城市。我猜是圣彼得堡，并让她一遍遍地重复家乡的名字，期待从德语或俄语的音调中找到一点圣彼得堡的蛛丝马迹，结果还是失败了。不过后来证实，确实是圣彼得堡。她刚到慕尼黑两个月，德语虽然没有达到炉火纯青的地步，但还算不错。她应该是慕尼黑大学的访问学者，研究哲学。她说她的同伴不会说德语，问我能不能讲英语，我说好呀，但是心下实在忐忑。又来了两个人，同样是一男一女，女孩很漂亮，后来得知也是俄国人（奇了！俄罗斯竟然占据了本桌 60% 的人口，但是谁让这是在德国呢？大家还是德语交流吧！）男生是德国人，超级严肃的感觉。女孩叫 Julia，俄国男生叫 Boris（学德语就容易养成一见叫 Boris 的就想接 Becker 的习惯）。可惜健谈女和严肃男的名字我都没记住。令我惊奇的是，健谈女和 Julia 叫我的名字时发音都相当标准，完全不似别人的一片混沌（难道是俄语里有相似的音？）。就这样，20 号桌就是我们五个人，一个亚洲，一个欧洲，三个横跨欧亚。

音乐会开始了，演奏者们鱼贯而入。一架钢琴、一台竖琴、两支萨克斯、一支萨克斯兼长笛、两个打击乐、一个低音提琴兼发言人、还有一位演唱者。简短介绍和感谢之后，演奏开始。说实话，就一个字——"闹"。虽然的确是 Jazz 风格，但还是和我想象中轻声慢语的爵士乐不同。我对于这种"闹"的音乐不太能欣赏，总觉得听久了大脑就想自爆；而且可能是比较保守吧，我更喜欢听自己熟悉的音乐，像这种多是由演出者自己作曲，感觉"乱弹一气也可以，弹错弹对无所谓"的乐曲，接受起来实在有点勉强；交响乐也闹，但是闹得很和谐，辉煌中带着赏心悦目，爵士乐的情调虽好，我还是不喜欢。而且那位演唱的女士，一唱歌就龇牙咧嘴地出怪相，我可以理解成投入，可惜还是欠缺美观。总算熬到了中场休息。听得心烦意乱，居然也会生出口干舌燥的感觉。出去买了一小瓶我曾经喝过的 Bitter Lemon（很喜欢这饮料，瓶子小巧而晶莹剔透，口感酸甜微苦，冰镇过后经常有冰碴的感觉，冰水混合物混着青柠慢慢融化在口中，那感觉真是好极了！）。

重新入席的时候，健谈女问我对音乐会感觉如何？我说不是很喜欢，她也点点头。健谈女说她弹钢琴，她的钢琴老师曾经告诉她，如果想更好地理解钢琴作品的话，就需要听爵士乐，这倒是个有趣的理论。后来 Boris 加入了谈话，我们尝试着用英语交谈，结果我很悲催地发现，自己的英语已经到了生疏得无以复加的地步。或者用个积极一点儿的说法是，德语已经会不经意地狂往外冒。曾经的英语混杂着德语，已经变成要费好大劲才能不让德语脱口而出，尤其是在聊初次见面的话题时。这让我颇感惶恐，难道英语就这样荒废了吗？那些能自如地在多种语言之间切换的人是怎么做到的啊？看我说英语说得那么费劲，健谈女说让 Boris 也说德语吧，他也得练练了。结果他的德语跟我的英语真是半斤八两，而我的英语可不是只有 15 学时的背景啊！后来他们问我中文里有没有阴阳性，我说 nothing！还没告诉他中文里啥都没有呢，性数格词尾一概全无。就这 Boris 已经开始叫嚣着要学中文了，但是我打破了他的美梦，跟他说中文里有四个声调。他很难理解，每个人的音色不同，怎么能保证每个人的声调都一致呢？我跟他解释说这个和音色无关啦。就在我们被各自的语言搞得焦头烂额深陷疲惫的时候，下半场开始了。

果然，慢速轻柔型 Jazz 还是能接受的，一曲"Autumn Sunshine"很美。听着音乐喝着冰镇青柠汁，的确非常美妙。到后来坐在我们邻桌的一位男士异常活跃起来，不仅频频跑到台前照相，还一人站起来随着音乐轻轻起舞。这颇有点酒吧爵士的感觉了，总让我想到电影里，昏黄灯影下，伴着轻柔的音乐，在舞池中相拥着轻轻摇摆的男女。一曲终了，他也给了乐队最大的欢呼和掌声。之后又返场一次，音乐会便即结束。在返场之前，健谈女用相当标准的发音叫着我的名字，向我告别。

我收拾停当，把大衣递给 Julia，准备走人。看到严肃男站在一旁，心想共桌一场也算有缘，便欣然和他说"再见"。没想到严肃男突然不严肃了，露出了一个大大的笑容，并且开始跟我聊天。他也是慕尼黑大学的学生，学 VWL（国民经济学），还问我是学什么的，在这里待多久，觉得慕尼黑怎么样。便暗道这家伙原来也不严肃嘛！果然还是交谈起来大家都会对对方了解更多，而不是只靠第一感觉去猜。他问我来自中国哪个城市，我说北京（所幸大多数外国人还是知道几个中国城市的，北京自是其中之一，所以我通常也不用多废话），他说他有一个兄弟在广州工作，在语言方面听与说都没什么问题，但是读写太困难了。我想是啊，中文"字母"太多啦，写法又不规律，内涵又那么丰富，虽然语法不多，但过于灵活不好把握啊！就这样和他聊了一会儿。才惊觉其竟然会有那么高，至少在一米九以上！我仰着脖子治疗了半天颈椎病。最后和他友好地告别，发现他还是很亲切的人，虽然乍一见确实过于严肃了。

两个多小时的 Jazz 音乐会就这样结束了。对于我来说，的确是一次难得的体验，音乐、欣赏的形式以及同桌的朋友。早就说过慕尼黑是一座艺术发达的城市，我希望获得更多的体验，也许下一次，将体验另一种艺术，日本的能乐（Nō–Theater）。

八　笑话与温暖

　　自从来到慕尼黑，犯二的事情做了不少，最二的当属"勃兰登堡门"事件。那时还没到过大学，也还不知道附近有个"凯旋门"。有一天我和 Weimar 坐地铁到了 Giselastraβe，一出站，抬眼就看见前方路中央立着一个白色大门，上面是一位女神牵着四只动物。我想都没想就兴奋地脱口而出"啊！勃兰登堡门！快，我要照相！"然后拿出相机一阵猛拍。等拍到一半时突然醒悟："诶？这不是在柏林啊？你就搞笑吧，这哪儿是勃兰登堡门啊！"太二了！太二了！这

恐怕是我觉得自己最二的一次了，所以深深地印在了脑海里。后来才知道这是慕尼黑的凯旋门，女神虽然也牵着动物，但那是四头狮子，不是马车。

还有很多现在看来很傻的事情，譬如说刚一下飞机，不知道在哪儿检票；不知道地铁门是要自己按开，还在原地傻站着；坐火车稀里糊涂地坐了预留给别人的座位，本来还沾沾自喜地想这么多空座别人怎么看也不看就往前走呢，你不坐我坐，结果刚坐下，座的主人就来了，这才知道原来显示红灯的座位都是预留的，人家为此多交了 2.5 欧呢！刚到慕尼黑，诸如此类的事情还真没少干。

在交流上也经常闹笑话。譬如今天，遇到同楼层的一个姑娘在查看信箱，我和她打了招呼便去坐电梯。正巧电梯到了，我想她可能也是要下楼了，便过去叫她："你也要下楼？"话还没说完，她说："不，就来，谢谢！"嗯，原来她不打算下，可是为什么说"就来"呢？不理解。于是我上了电梯，飞快地按了"关门"，就在门即将关上的时候，我仿佛听到了她飞奔而来的脚步声。等到了楼下，我突然醒悟，她说的不是"不"吧？也许她是在谢我叫她并准备等她呢，这样"就来"才说得通啊！想到这一点，我这叫一个泄气。人家肯定觉得我等她呢，还紧赶了两步过来，我倒好，叫了她反而没等，还生怕电梯关得不够快似的猛按"关门"键，实在太不厚道了。唉！算了。

我喜欢在网上看食堂近日菜谱，每天中午也定时定点地去吃饭。最满意的一顿莫过于"烤猪肘"，自从我知道有"Aktionessen"（特供菜）后，就开始密切关注，并会在菜谱电视机前驻足观看并选择入口了。结果这种"特供菜"总是供不应求，感觉上次能让我尝到"烤猪肘"，全拜下了安娜的课时间还早所赐。因为后几次，当我 1

点多才到时，"美妙鹿肉"和"羊肉"就都脱销了。还吃过一次"鸭子"，虽然没有烤鸭好吃，但味道还算相当不错。

我喜欢每天中午一个人或者和一位中国朋友一道去食堂吃饭，要么是一个人慢慢品味美食，要么是可以不费脑子地说话。结果这两天，我接连遇到了外国学友，不得不边吃边说德语，虽然心情愉快，但在美食享受上就差了不少事。昨天遇到的是立陶宛美女，Weimar 说她说"立陶宛"特别好听，所以故意问了她"是哪儿的人"。美女学的是政治学，真是出乎意料！而且和印象中不同，她还是相当健谈活泼的，譬如学"Umsteigenmöglichkeit zur U3"（可换乘地铁三号线）的时候，说自己上课听不懂的时候。她还问我去不去今天的交换生聚会，我说不去，因为要复习下周的语言考试，她表示非常理解。

今天遇到的是位"闲人"老爷爷，他坐在我斜对面。他落座的时候我冲他笑了一下，他便问我是哪儿的人，听说是中国后，便大声说"你好"。我说您会讲中文吗？他说不会，只会两句，譬如"毛主席万岁"。我大笑，但说实话，心里颇有几分忐忑，不知道他会不会跟我聊中国政治。因为我对于这个话题实在棘手。还好他没有继续，转而问我"会不会打太极拳？"，这个我对答如流。他说他也爱好太极，在电视上看到在中国清晨总是有很多老年人一起打太极。我说是的，他觉得太好了。他说自己曾在瑞士认识了一位了不起的中国人，曾经开很大的银行，后来把这些全放下，转而研究太极。住在美国，可惜现在已经去世。名字我没有听过，要不就是他读得不够标准。他还说他现在不打太极了，而是做瑜伽，我笑着说我也是。

他吃饭的速度很慢，一边吃，一边喝水，一边咳嗽，一边东张西望。窗边有两个男生在讨论什么问题，他也兴致勃勃地插入发表了一点见解。还问我学什么专业，我说"戏剧学"，他大拇指一竖，说了句"棒极了"！真的，这不是我第一次说到"戏剧学"时被夸赞了，记得上次 GAP 聚会时有个男生评价"酷"。这要是在国内，估计很多人听到"戏剧学"时都会皱一下眉头，"戏剧学？是什么啊？学这个有什么用吗？"或者至少不会觉得有多好。也许这正是德国人管人文学科叫"Geisteswissenschaft"（精神科学）的原因。就像日耳曼文学和哲学专业，虽然不能让人发财，但始终长盛不衰不可或缺，因为它是一种精神财富，相比锦衣玉食，更令人觉得充实。相反要在中国，听到你是文史哲专业的学生，别人总会抛来同情的目光，因为他们接下来想的是——这孩子以后怎么找工作啊？唉，什么时候对于"人文学科"的反应，国人能像德国人一样，哪怕至少不会皱眉，就好了。吃完了饭，跟老爷爷告别，他祝我在语言班取得好成绩，我祝他度过美好的一天。他用中文"谢谢"作答。

在德国经常会让人觉得温暖。譬如在饭桌上，时常会有陌生人冲你微笑，上次有位女士离开的时候，还祝我"周末愉快"。在地铁里，面对面坐的乘客会友好地打招呼；在电梯里，无论谁离开都会说声"再见"。就是到了德国以后，我养成了跟陌生的外国人打招呼的习惯，却还没有对自己的同胞开过口。Weimar 说大家觉得"既然都是中国人就免了吧"，也许是这样吧。

我见到的德国人还都是很友好的。譬如有一次在洗手间里等 Weimar，我边等边发呆，这时一位女士走过来，关切地看着我问——怎么了？我回过神来赶紧回答："没事，就是在等人。谢谢您。"她才放心地走了。那一刻，她的善意让我非常感动！还有我非常喜欢举的例子，就是我和 Weimar "被"搭车的经历。那次是去宜家，下了城铁后不知道该怎么走了，正巧过来一位老先生，便去问路。结果他一听我们要去宜家，惊讶地说还有很远呢！还没等我们反应过来该怎么办，他接着说反正自己也要去那边，就邀请我们一起上车。他的太太也非常热情，到了宜家还领我们见了她做收银员的女儿，并请她照顾我们，虽然后来我们买完出来的时候，她已经下班了，但我们真是满心感激。但是非常遗憾，当时身上没有任何小礼品可以相赠，也是自那以后，我出门总会在书包里装上几件。那种被人帮助之后油然而生的感念，真是会让我有一种同样以温煦回报别人的渴望。

敏娜说被搭车的事她也遇到过，上次她一个人在路边等车，看到一辆车开过去又往回倒，她还心里笑"这司机不会开车啊"，结果人家倒到她面前停下了，摇下车窗问："要去哪儿？我可以载你一程。"据说德国人即使载你也都说自己顺路的，免得你心里过意不去。这事要是发生在国内，司机敢不敢停是一方面；就算他敢停，路人还不敢上呢！在我们心中，人与人之间是以怀疑和防备为前提的，对陌生人带有本能地警惕与排斥，这甚至已经成为了每个人的习惯。似乎不如此，至少在家人朋友眼里，那会很令他们担心的。而在德国，这种习惯显然会让我重新认识自己和社会——那才是真正的和谐吧——虽然我们是讲"和谐"讲得最多的国家。

唔，我们的国家还需要自省和成长啊——物质需要，精神更加需要。

九 兔年立春

今天是中国的大年初一，慕尼黑的阳光，分外灿烂。Weimar 后来告诉我她逃了课，我立即附和道："春节不就是让我们休息的日子嘛！"我的语言班在昨日结课，和安娜的课一起。至此，作为交换生在慕尼黑大学的学习使命宣告终结，只等着拿到分数，注销走人。回想起刚来德国的日子，不知道给手机充值叫 aufladen，不知道在哪里检票；惊讶于牛奶的便宜，惊悚于难吃的 mild，惊喜于美味的白肠和肝肠；见到汽车总是不好意思地被让行，坐电梯也渐渐习惯对每一个人说 Hallo 和再见，开始利用公交时间表掐着点地安排自己的出行……不过，我到现在也说不清是不是真正喜欢慕尼黑，因为

所有那些堪称景点的一切，在我看来都不如 Mauerkircherstraße 那静谧湿润的景致。但是我又认定，自己最终还是要回到慕尼黑，而不是其他的城市。

梅曾经问过我，德国和你想象的一样吗？我不知道如何作答。因为在我心中，从没有仔细思考过，德国究竟应该是什么样子。甚至相比以很多故事著名的英国、法国、意大利甚至荷兰和希腊，我对德国的了解都是微乎其微的。来到这里，更像是一种使命，我只是要去看看，她长什么样子，无论是好是坏，这里都算是我的第二故乡。所以，我爱德国，是一种习惯。就像在这里住了一辈子的人，你问他们，这里怎么好呢？他们会摇摇头说，不知道。或者他们会给你举出很多你已经知晓的例子，但最真实的原因，总是说不清楚。也许，"令人安心的我的城市"，才是答案吧。

慕尼黑对于我，也许在初中的地理课本上，就是独特的存在了。而现在，慕尼黑是我在北京之外，住过最久的城市；她是我第一次出国，到达的第一座城市。如果这还不足以说明她的独特，那么，她是拥有 Sonja、安娜、Grünhaus1201（我的宿舍）的城市，是拥有"Fröttmaning"（球场站）、"Studentenstadt"（宿舍站）、"Alte Heide"（超市站）、"Münchner Freiheit"（慕尼黑的自由——生活不可或缺站）、"Giselastraße"（食堂站）、"Marienplatz"（市中心）的 U6 线（地铁六号线）的城市，是拥有"路德维希·马克西米利安·慕尼黑大学"、"安联球场"、白肠和烤猪肘的城市。

但是对我来说，"独特"或许还不足以形容我对她的印象。我想对她有更深的了解，想对生活在这座城市里的人有更深的了解，甚至想对德意志民族的性格有一种更具体的感受。于是，我开始酝酿，今年 9 月能够再度返回慕尼黑，不是以交换生，而是以正式学生的身份在这里度过四年时光。到那时，也许观感会有所不同。

而我想要申请的慕尼黑大学（LMU），是德国最古老的大学之一。如果古老还不足以说明她的性格，那么对"白玫瑰"的敬仰便成为她引以为傲的传统：在慕尼黑大学主楼大厅，永远有两捧白玫瑰为绍尔兄妹和他们的"白玫瑰"组织盛开，以纪念这些青年在反抗希特勒运动中过人的英勇与巨大的牺牲。主楼前的广场被命名为"绍尔兄妹广场"，在石砖铺就的地上，还遗留着他们当年冒着生命

危险散发的传单，当然，已变成了不可磨灭的雕刻。于是，当你徜徉在主楼高高的穹顶下，被厚重的历史感和宗教感包围，同时又能感受到一种"反抗"与"自由"的气息时，也许才真正开启了她的大门。

除夕当日见了 Gissenwehrer 教授，我的 Doktorvater。很有意思，德语里的博士生导师竟然以"vater"（父亲）结尾，不知道如果是女

性的话，是不是称 Doktormutter（母亲）呢？ Gissenwehrer 教授名叫
Michael，是我最喜欢的名字，他是奥地利人，高大、亲切、握手有
力，是一位很有魅力的男性。

老师看我写的研究计划，一个劲儿地说 toll, wunderbar（棒极了），
并且不断辅以 wichtig, ganz, sehr（特别、非常）等形容词进行修饰，
让我惊喜之余颇感迷惑，究竟真的是我写的好呢？还是这是一种用

来鼓励学生的手段？抑或是德国"宽进严出"政策的体现？不管怎么样，被老师夸奖和认可，还是很高兴的，因为这就意味着，我可以名正言顺地请他出邀请函了。当然这里也有 Sonja 的功劳，她使我的德语变得如此流畅而专业；也有安娜的功劳，有了她我才能和老师顺利地交流，他们都是我的贵人。想想那天的场景也颇为搞笑，老师是奥地利人，安娜是意大利人，我是中国人，我们三个外国人坐在一起用德语交流，商量着进德国学校的事情。

    昨天的交友运也很旺，获得了很多热情帮助。譬如头一次用 EC-Karte 充饭卡玩不转机器，身后的德国女生很耐心地教我；譬如偶遇丹娜，得知了怎样寄便宜包裹；和刘妍一路回家，又了解了很多完成注销手续之前的事情；而在哈根达斯小店，也第一次与来自印尼的店员攀谈起来，他说他也是 LMU 的学生，是"人类学"专业，而在老哈打工的都是学生。我顿时浮想联翩，自己能不能有朝一日也在这里打工呢？你看，与人们交谈能够产生多大的愉悦啊！而在慕尼黑，与陌生人亲切交谈，是时常发生的，大家都很友好，有时间的话也愿意倾听和表达，我在食堂碰到的那位老者便是一例。

今天中午的食堂充满了和谐的气氛。我正在埋头于自己的盘中餐，耳边突然响起"Wie geht's Ihnen？"（您好吗？）忙不迭地抬头一看，竟然是上次在食堂碰到的老者，和我谈论"太极"的那位！他很温和地微笑着看着我，我语无伦次地说 Danke，gut，sehr gut，Danke，（谢谢，好，非常好，谢谢），他点点头，祝我"有美好的一天"，然后告别。我这个嘴笨的，总是赶不及说一声 Ihnen auch（您也是），就让别人走掉了，真是失礼！

后来坐在里边座位的人吃完准备走人，我起身给他让道，他说"谢谢"，这很平常，我也以"不客气"回敬，让我惊喜的是他的朋友，笑着对我说"再见"，我也赶忙说"再见"。这就是我在这里的生活，不经意间会带给你一些欣然或惊喜。

想起来一个好玩的事情：和 Sonja 去苏黎世的那次，有一天晚上忘了检票就上了公共汽车。当时完全把这事抛在了脑后，看她正在喝水，我突然想起来，脱口而出"我们还没检票呢？！"，Sonja 顿时瞪大了眼睛，差点没呛着。我们赶紧下了车，在站台上检了票，那时正赶上暴风雪，下一班车要十分钟之后才来，我们就这样打着伞，蜷在一起目送着这一班远远离去，下一班迟迟不来。Sonja 说，"幸亏你想起来了！这要是被查到了，冲这儿这么贵的物价，肯定罚得比德国还重！"于是忽然觉得，德国人之所以很守纪律地买车票，恐怕在习惯的自觉之外，怕被重金处罚，也是原因之一吧。不过第一次见到身为德国人的 Sonja 自己也忘了检票，想到她那万分惊恐的眼神，至今还是觉得有趣。后来我们连跑带颠地赶回了青年旅舍，因为已经被冻僵了。

在德国被查过三次票，慕尼黑两次，而且是两次连着，第一次检票的官员那是相当地帅，尤其是他出示证件的时候！另一次竟然是在斯图加特！我刚一到那儿，买了票，上了公交车就被查了，还不是地铁，是公交！斯图加特对我还真不见外，完全按照本地人待遇。Jun 有一次太倒霉，说出去逛个街吧，结果车票、护照全都忘带了，正巧还碰上查票的，真是哪壶不开提哪壶。虽然要交 5 欧的罚款，但还好没出什么大问题。我就说我相信德国车票的完善制度，完全能够区分逃票的故意和忘带的疏忽。

补记：刚刚写完这段话的我，就在当天被第四次查票了。一开始上来几个人我还以为是普通乘客，结果车门刚一关，他们就立刻拿出证件，冲车厢人喊"Fahrschein bitte"（请出示车票），然后从我开始。

十 到安联去！

　　我真的爱慕尼黑！本来对于看球只是抱着可有可无的心态，但是，当我和诺亚在玛丽恩广场和一群身着拜仁标志的球迷一道狂奔向终点为"Fröttmaning"的 U6 线后，那种期待的心情竟然就像我们手握球票正在奔赴一场盛宴一样。安联，来过慕尼黑的球迷怎么能不去安联！它虽然不是我来慕尼黑的理由，却是我对慕尼黑的期盼。上天如此体贴的将我家安排在了安联球场前三站，我也每每在路过它的时候满怀着膜拜的心情和满眼的憧憬，却直到今天才真正地走近它！

这时，手中无票的我们已经开始懊恼，怎么当初就嫌贵呢？70欧，体验一下拜仁强大的主场气氛，怎么就不值呢？！一边随着人流走，我俩一边四处张望，德国黄牛快出现啊！只要我带的钱够，多贵我都买！！终于，在无数次激动得错把卖观赛指南的人认成黄牛后，我们终于见到了真正的黄牛。人家办事麻利得很，三步并作两步地带我们在地下停车场找了个角落，刷刷刷的翻出两张连座票，我问多少钱？80欧一张。80欧？！这气氛果然能影响人的理智，曾经觉得70欧都贵的我，现在就像捡了个大便宜一样喜悦，甭说80，100又算得了什么呢？赶紧递上钱，心中怎一个爽字了得！黄牛很友好地问我们从哪儿来，得知是中国后又问中文里"再见"怎么说，并用"再见"跟我们告别，空气中那真是充满了愉悦的因子。作为"手中有票，心中不慌"的观赛者，我俩顿时脚步轻盈地直奔安检，当然不忘之前在白白的安联前留影一张。

真是！与其说我是拜仁慕尼黑的球迷，不如说我是安联的球迷。作为巴拉克的死忠，拜仁赢了对药厂（他此时正在勒沃库森——爱称"药厂"踢球，同属德甲球队，两队排名十分接近）明显没什么好处。不过作为我曾经最爱、现在第二爱且国家队巨星云集的豪门，既然不是和药厂踢，就支持一下吧！进场时看见了一小撮蓝白色的霍芬海姆球迷，被淹没在红白相间的潮水中，我在很不厚道地露出"同情并怀有优越感"的笑容后，立刻想到，假如4月我在安联看拜仁主场对药厂的话，自己也一定是这样悲催的处境。而且根据诺亚"球迷会对客场球队在上场时报以嘘声，尤其是有球员还和本队有过节时"的理论，米夏的处境一定更凄惨。想一想，也许这就是我之前要去勒沃库森主场看球的一个原因吧。

我们的座位是最高层看台的倒数第二排，基本属于角球区一带。

幸亏安联只是球场，在草坪周边并没有十来股跑道，虽然觉得高，但并不远，球场上发生的事情还能看清；而且由于建得相当陡峭，也不会出现前排挡住后排的情况。本场的上座率那是相当给力，几乎座无虚席。这还只是对中游球队，要是等多特蒙德和勒沃库森来了，那场面得火爆成啥样啊！

双方球员开始准备热身，霍芬海姆先上场，唉，不得不说，让客队先走，其实是一种腹黑的做法，表面是礼貌，实则就是接受嘘声来的，纯粹是为了给主队即将接受的欢呼营造气氛。当拜仁球员也悉数登场后，我俩开始努力辨认谁是谁。这个座位果然还是有点高，除了认出个谢顶加橙色鞋的罗本、没戴护腿板的穆勒、矮个子的拉姆、白鞋的小猪和黑色球袜的里贝里外，剩下的就放弃了。更引人注目的是球门后的一大撮专业球迷，之所以说他们专业，是因为他们很有组织且加油装备极其完善，拜仁的衣服、围巾、帽子自不必说，此外旗帜联翩、锣鼓喧天，更重要的是没有椅子，因为他们在整个比赛过程中不会坐下，一直都会鼓掌、唱歌、呐喊、营造波浪，有椅子只会碍事。这让我想到上次在药厂看球，角球区有一撮拜仁球迷十分活跃，大有时不时盖过主场呐喊之势，恐怕也是今天这拨人。

介绍拜仁出场球员的过程也相当煽情，主持人先喊出球员的名字，然后由全场观众一起高喊他的姓，我也跟风大喊了几个，但是喊到"施魏因施泰格"和"巴德施图贝尔"的时候舌头开始不由自主地打结，霎时跟不上趟了。

开场不到 2 分钟戈麦斯的进球让人们还没坐稳就迎来了庆祝欢呼，而还不到 17 分钟就以两个球领先的局势更是点燃了主场的火爆气氛。只见刚开始还挺活跃的红色海洋中的蓝白一角已经甚是沉默了。霍芬海姆踢得也真是不太给力，上半场拜仁是往彼端进攻，由于客队一直被压着打，往往连中圈都过不来，导致我们这边总是得抻着脖子看。霍芬海姆的进攻到了下半场也还不见起色，所以对我们来说还比较有利。老天也充分体现了他的公平，让拜仁在这边又进了两个，都是罗本的，而且他的第二个球真是相当漂亮。进球之后主持人的煽情那是必须的，而且这个煽情程序是相当地有趣。譬如戈麦斯进球了，主持人会高喊"刚才进球的是33号，马里奥！"，全场球迷跟着高喊"戈麦斯"，如是三遍。更搞笑的在下面，主持人还会很挑衅地高喊"拜仁的进球数是"？观众兴高采烈地回答——"四"！他又喊道"霍芬海姆的进球数是"？观众故意把拳头伸出来大声应和——"零"！① 然后主持人就很满意地说——"谢谢"！全场观众齐声呼喊"不客气"！觉得这时的"DANKE"和"BITTE"怎么就那么脆生生的好听。但是霍芬海姆球迷的脸色之差恐怕也是可想而知了。唉！

---

① 后来发现，即使客队有进球，"零"也是这里唯一的答案。

在看球过程中还时不时传来其他场次的比分播报，这也是了解拜仁球迷观赛立场的好时机。只听大屏幕上如"木铎金声"般"叮"的一声脆响，大家就知道又有新的进球出现了，然后齐刷刷地盯着出现的比分或是哀叹，或是欢呼。勒沃库森客场对阵法兰克福，我家药厂表现也很出色，3∶0，也是相当大的分差嘛！看着拜仁球迷哀叹连连，我独自在那儿兴奋不已。这一次球看得真值，不仅在现场看到了那么多进球，还间接听到了药厂也进了那么多球，这一看一听，感觉就跟球员在本场比赛中一传一射帮助本队获胜似的那么满足。

这次拜仁首发的三名前锋纷纷开花结果，可惜克洛泽还是板凳命，不然这罗本的两个进球分一个给克洛泽，真的就很完美了！罗本在80多分钟的时候被换下场，分外耀眼地接受了全场观众的欢呼和喝彩。有时觉得球迷真是残忍的动物，他们毫无顾忌地表达自己的喜好，如果你是主队且表现抢眼，那么将体验到众星捧月般的美妙感觉；如果你是已失宠的球员，待遇就会大大降低，倒地的时候既没有人帮你嘘客队、也没有人帮你给裁判施压，他们更不会为你站起鼓掌使你尽快重返赛场，那种可怕的无视的感觉，令人心寒。

摧枯拉朽般的胜利让拜仁球迷明显像打了鸡血一样，如潮水般涌向球迷商店疯狂购物、一路畅饮啤酒高声歌唱。我拿着诺亚刚买的罗本围巾说在安联前再拍张照片吧，刚摆好姿势，就被四五个High得欢蹦乱跳的拜仁老兄团团围住，一起照了合影。人说看球没有倾向性真是悲剧，但是输家球迷的日子也不好过呀！走在一路唱着"我们是慕尼黑人，我们是拜仁慕尼黑"的拜仁球迷中间，尤其又输得这么惨，不赶紧掩面疾奔实在是徒增痛苦。拜仁老兄都去酒馆继续畅饮了，霍芬海姆的球迷还是直奔火车站回家吧。穿着输得很惨的客队球衣一抬眼看到的全是主队球迷，即使人家只是沉默地看你一眼，那种快要爆棚的优越感和对你投来的嘲笑加同情的目光绝对能将人秒杀。

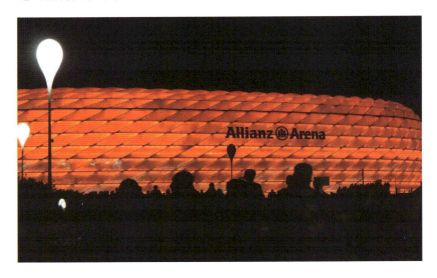

诺亚本身就戴了个拜仁的帽子和围巾，他是有备而来！可是后来明显觉得不够给力，帽子上只有个拜仁小标，围巾是深蓝底色红白条相间的，我说人家的围巾都是红白的，你这个深蓝的是客场围巾吗？他也说怎么搞的跟客队颜色似的，于是比赛一完就立刻去买了那条罗本红。我在进场时曾经戏言，不知道要是戴着药厂的巴拉克围巾来看球会不会被群殴。结果安检时我前面的大姐拿了个加油手套，我定睛一看，拜耳勒沃库森的标志那真是赫然在列，同道中人啊！

记得上次去勒沃库森看球，总结出几大球迷看球时最常说的词：schön（好），super（棒极了），Schade（可惜），toll（好极了），wohl（好），Tor（进球啦），当然还有大名鼎鼎的 Scheisse（他妈的）。在这里也是差不多的。

走出体育场，再一次回眸，白白的安联已经变成了红红的安联，据说拜仁有比赛就是亮红灯，1860有比赛就是亮蓝灯，虽然我更喜欢蓝色的安联，但还是红色更常见吧。另外你还别说，安联和鸟巢还真有点像，不愧是同一位设计师。

还想起中午和诺亚在 Augustiner Keller 吃饭的时候，身后坐的就是俩拜仁球迷，我俩吃着吃着，诺亚问"他们走了么？"我说"早吃完走了"，他大惊"说咱也赶紧走吧，这还没票呢，得早点去碰碰运气"。果然还是实现了梦想！这家伙相当能喝啤酒，中午黑啤白啤共一升啤酒下肚，看球的时候竟然还能继续喝。安联也逗，只有盛啤酒的杯子上才印了拜仁的标，我买的可乐，看了一圈啥都没有。

夜晚的慕尼黑街道相当清净，就像早上在雨中散步时一样，散发着湿漉漉的恬静气息。不同的是酒馆里挤满了人，尤其在玛丽恩广场附近的酒馆，从窗户望进去，昏黄的灯光，攒动的人头，觥筹交错与推杯换盏，有人进出的一刹那透过门缝从室内传来的笑声和歌声，原来大家都是如此充满活力呢。据说诺亚上次来慕尼黑时对这里印象不佳，因为赶上了周日，所有商店都打烊关门，便觉得慕尼黑是座死气沉沉的城市。这次重新认识了一下这座有肉有酒又有球的城市，也许好感会多一些吧。

我对慕尼黑真是满心喜爱，尤其是亲眼体验了拜仁的热情之后。拜仁进球了，我们站起来振臂高呼，随着音乐的节奏起舞，鼓掌、大笑。那一瞬间突然觉得好幸福，因为巴拉克爱上德国队，进而爱上德国，学习德语，然后来到慕尼黑，和这样多的同道中人生活在一起。可惜没能赶上 2006 年德国世界杯，也没赶上 2008 年欧洲杯。和诺亚算了一下，接下来几年在欧洲举行的重大赛事也就是 2012 年的欧洲杯和伦敦奥运会了，真有生不逢时的悲催感觉。不过没关系，这毕竟是有德甲和欧冠的慕尼黑呀！

十一 再临慕尼黑

今天是我 47 个月留学生涯的第一天。随着飞机那庞然大物的轮子与地面接触时发出的巨大声响，我一直悬着的心才算安定下来。起身离座，费力地背起双肩背，走过曲曲折折的通道，心里却有那么点孤单，总是不由自主地想起上次和 Weimar 一起来的场景，虽然人生地不熟，但一起新鲜、一起忐忑、一起承受的感觉，却让人怀念。想那时，我们狼狈地拖着死沉死沉的行李，站在琳琅满目的

窗口前研究安娜留下的地图，一头雾水地买车票，还没有零钱，好不容易买了车票还不知道在哪里检票……以及很多很多的第一次，Mauerkircherstraße 满足了我关于国外的一切幻想，静谧、湿润，迄今为止，那都是我在慕尼黑最喜欢的一块地方；去 Media Markt 买电脑，去 Toom 买厨卫用品，站在 dm 的洗发水前百爪挠心……想想那时，多少次我们两坐着 54 路穿过英国公园茂密的林间小路，穿过布满西式花园洋房的街区，穿过堆满金色落叶、飘着温柔而湿润的微风的街道啊！

虽然这次轻车熟路，没费任何力气就找到了汉莎的机场大巴，熟练地说出 Nordfriedhof 并买票上车，一切顺利得不能再顺利，却总是开心不起来。自己怎么变得这样多愁善感起来了？也许是因为前途未卜，对即将到来的语言考试没半分把握；也许是对生活的担忧，要不是敏娜伸出援助之手允许我在她那里小住，到现在还是居无定所；也许是因为离别前就已开始的怀念，舍不得国内的家人和朋友；也许是因为没有同行的旅伴，可以互相扶持共同分忧；也许是预感到自己将要面对很大很大的压力……走之前爷爷已经嘱咐过我，要对即来的困难做好充分准备，经由语言去了解、乃至掌握德国的文化与思想精髓。怎么能刚一来就蔫蔫的呢？是对自己的德语不自信？那就从零开始，把德语当做自己赖以生存的媒介去使用；是对自己的研究方向不自信？既然他们肯要你，就一定有你的过人之处；是对自己的知识储备不自信？那也不要气馁，一点一点地积累就已是进步，何况永远没有知识饱和的时候；是对自己的学习能力不自信？像爸爸说的那样去做，动脑、抓规律。总之，要打起精神来！

不过无论如何，有了敏娜的相帮，让我在慕尼黑最初的生活轻

松了许多。她的屋子不大，但是通透的整面墙的玻璃和窗前的书桌，以及干净的乳白地板，都让房间变得温馨而明媚。今天是周日，又下着小雨，如果在江南的雨季，那一定是秦淮河上乌篷船中的一盏小橘灯，暖黄的灯光映着细腻的情怀；但在慕尼黑，则是细雨敲打在窗外一抹浓绿上的沙沙声，不经意间进入沉睡者的梦乡。

十二　德国式的美丽

　　今天做了相当多的事，多得让一整天都想找个机会倒倒时差补个觉的我，竟没能睡成！早上六点半起床去 Poccistraße 向慕尼黑报告我又来了；然后风风火火地赶回住地，开启电脑，再向中国驻慕尼黑总领馆报告我到了！接着赶去 HVB 银行开户，与一位 Bauer 先生有约；然后去食堂吃饭，吃完饭去邮局寄我的入学报到证。折腾了一个上午加中午，回了宿舍，刚刚开始认真地在睡与不睡之间挣扎，便发现心爱的笔袋丢了，立即出去寻找。所幸最终失而复得，还带回了一桶打特价的老哈。敏娜煮了饭，晚饭过后她去自习，之前还帮我搞定了网络问题，这样就不用总是占着她的电脑啦！一会儿和 Sonja 去看她朋友的舞蹈演出，估计回来正好睡觉。瞧瞧，多充实的一天啊！充实的让我理直气壮地逃避考试，逃避复习。被琐事充满的日子，忙碌而空虚。

　　和此前一样，慕尼黑的友善，德国人的特质，总是给我惊喜。现在格外喜欢 HVB，当然，自我上次遇到了穿着传统皮裤的帅气职员后，就对其印象颇佳了。没想到今天帮我办开户的 Bauer 先生，又是一位有着清澈目光和高挑身材的才俊。皮裤男为我俩引荐。其实很不习惯互报姓名并握手的相识方式，总搞得我顾此失彼，不是忘了说名字，就是手握得不够有力。这次我盯着 B 先生伸出的手，告诫自己，握手要有力！果不其然，人家自报家门我就又没跟上趟，隔了两秒才反应过来，赶紧说"Ich bin Jingzhi."。其实压根就没想到，开个户还得预约，这要是在国内，除了排号时间长点外，分分钟搞定。在德国却要搞得这么兴师动众，不光是特意约时间，还要被邀请到内部办公室详谈。

B先生充分显示了他的绅士风度，也显示了德国服务业，至少是银行服务业的热情与耐心。刚一落座，他问我要不要喝点饮料，我心想：哇，饮料？这是要谈多久啊？！过了一会儿，一瓶水和一个玻璃杯就摆在了眼前，他很有礼貌地为我倒了小半杯。本来以为要开始办一系列的开户手续，填表啊什么的，他的作用就是指导我填表，结果人家说他还不认识我，想随便聊一聊。当然又都与账户的话题有关，譬如我的学生身份、所学专业啦等等，不过后来说到足球，本以为他会是拜仁球迷中的一员，没想到这位先生是圣保利的拥趸。

之后他开始问我需要办哪种账户，借此我也终于搞懂了，原来Girokonto类似活期账户，Sparkonto则是定期账户，利率相对高。B先生真是耐心又nett（人很好），当我听不懂时，就用很形象生动的图画或例子给我演示。而且他会让你觉得，你问什么问题都很合理，他都在十分认真地予以思考和解答。所有的文件一式两份，他把给我的那一份装订好，还用荧光笔画出几个重要的信息点，以免我用时找不到。由于开启了网上银行业务，B先生还要教我怎样使用。他先是边讲解边操作地给我做了一遍示范，然后再由我自行操作一遍，直到没有问题。还有一件小事：我正在合同上签名，他问了我一个问题，我签名签了一半刚要抬头回答，他马上说"对不起，你先签完。Ein Schritt nach Anderem"。做完一步，再做一步！也许这就是典型的德式思维，一步一个脚印，可能不快，但是扎实。对了，还有一件很"德国"的事，剪密码纸。银行的密码纸就像是国内的充值卡，四周封口，密码在中间。先回想一下我们平时充值的样子吧：先大致估计一下密码的位置，然后沿着虚线，或者压根就不看虚线，用力地撕开一边，将手伸进撕开的这条边，从内部将剩下的3/4 全部扯开，拿到密码后，纸随便一团，丢掉就可以了。再看看 B 先生的做法：他先去找了一把大剪子，大到几乎一剪子下去，就能将那个长边剪完，然后第二条边、第三条边、第四条边……接下来，他把剪下的碎边扔到垃圾桶中，才开始查看密码。我相信，这就是德国人一丝不苟的性格在实际中的显现。

听了太多关于德国人性格的严谨与认真，直到今天，我才被这种严谨与认真震撼了。另外，德国的银行不像中国，职员与客户被宽大厚重的玻璃阻隔，递个钱都得把手腕扭上几扭。德国的银行是开放式的，不是窗口，而是真正的面对面，有的柜台还是圆桌的，简直就像咖啡馆。职员与客户的关系，也不是"完事走人"的关系，而是"一对一"的。就像 B 先生，他这次帮我开户，今后就对我负责，用他的话说"immer für Sie da"（随叫随到）。只要你预约了，在某个时刻，他就是完全为你存在，为你服务，为你解答一切疑难。让你觉得去银行，就是见一位老朋友。当然国内的银行也有好处，虽然排队时间长，但是随时去随时就能办，不存在预约问题；而且效率相对高，有事说事，完事走人，不像我，开个户就能耗一小时。不过，相比国内的结果论，也许德国式的过程论更像是一种"服务"。好好地坐下来，以你为中心，为你奉上茶点，慢慢地、稳妥地、没有疑虑地，帮你把事办好。

当然，以国内人口之众，如果都这样办事，一谈就谈一个小时，那预约的队伍恐怕要在年初就排到年底了。而且很明显，德国人也很珍惜自己的人力的。因为凡是能够在网上和机器上办的事，你拿到了柜台，就要加收手续费了。买票也是这个道理。所以，这也相对减少了窗口等候的人数。总之，通过这次在银行开户，真是大长见识，也许想要一点一滴地了解德国人，就要从这些日常生活入手。

今天还差点把可爱的笔袋丢了。从邮局寄报到证归来，翻遍了所有地方都找不到。仔细回想，也只可能丢在邮局了。我倒是完全相信德国人的品质，只要是落在那里，就一定还在。果不其然，在我用"dunkelweiß"（暗白）这样的词形容了"乳白色"的笔袋后，刚才帮我办事的那位女士便为我取来了。心爱之物失而复得便心情大好，就想着去 Karstadt（一家商场的名字）看看老哈的价格吧！没想到好事成双，在其他超市的老哈价格普遍看涨的时代，这里竟然在打特价！我中彩似的赶忙挑了"布朗尼焦糖香草"口味，拿在手里才想起忘了带袋子。那也不管啦，一路捧回去吧。拿到出口，那位很和善的收银员问我"需不需要袋子?"，我想起没带零钱，就说"不了，谢谢"。没想到她依然拿出了一个小袋子，把冰激凌装好，微笑着递给我说，太冰手啦！此情此景，真是让我倍感温暖。德国的人情味，体现在生活的方方面面。

用最富有人情的方式，办出最稳妥的事。用最认真的态度去面对工作职责，用力所能及的体贴去惠及他人。今天接触了银行、邮局、超市的三位职员，让我欣赏到了德国式的美丽。

十三 强迫症

记得敏娜说过，曾经评选过世界上最容易得强迫症的民族，德国和日本高居榜首。

不由自主地想起那个实验，或许是为了测试德国人是不是真的守纪律，有人在两个电话亭上分别标了"男"和"女"，结果真的就是，男士只去"男电话亭"，女士只去"女电话亭"，纵然空着一边排着一边，大家也不越雷池一步。就是这样，秩序在德国随处可见，准时的交通网，让你能精确计算出，从宿舍到学校再转乘巴士到德语班一共耗时 23 分钟；遵守红绿灯，这可是德国人引以为傲的品质，大部分十字路口的交通灯下，都挂着标语"绿灯行，给孩子做出榜样"；就连鸡毛蒜皮的小事都能凸显他们一丝不苟的特质，剪个密码纸都得先找个等大的剪刀来。还有预约，有时候不免会在心里埋怨——这该死的预约！哪怕只是问一个很小的问题，如果对方暂时没空，都要另约一个时间。

但是，最让我痛恨的是骑车。骑车闯红灯，被罚，我能够理解；骑车听音乐、打手机，被罚，好吧，为了安全；车上没装灯，或者天黑了灯没亮，还要被罚。好不容易买辆自行车，交通费貌似省了，最后又全被罚回来了！慕尼黑比北京小太多，对于我这个骑一小时不在话下的人来说，本以为在慕尼黑，骑车是最好的出行方式。结果，当我从"敏娜骑校"毕业，带着满脑子的交通规则出行时，愣是十分钟就腰酸背疼了！好吧，也许你会说，这是因为我还不熟悉规则，等习惯了就好了吧？但是，当我渐渐能够关注骑车而不是规则时，又猛然发现——你永远都不会轻松。因为，自行车道会把人逼疯！德国的自行车道，就那么细细的一条，而且和便道连在一起，根本就没有地位。当我是行人的时候，总是走着走着就走到自行车道上去了。

慕尼黑的自行车道，铺设得非常到位，这首先就需要说明，其城市构造本不像北京这样方正，所以经常会有多岔路口，如果是在北京，你可能就要蒙了，不知怎么到对岸去，而且往往必须横穿车水马龙的路口；但是，在慕尼黑，只要你确定自己始终在那两道细细的白线里，红灯停、绿灯行，便能顺理成章地到达彼岸。那两道白线，就像指引夜航的灯塔，一直在前方引导着你。但是，就是路口这两道白线和与便道不清不楚的关系，让我如坐针毡。一个正在骑车的我，就好像流水线上的物品，无需思考怎样骑、往哪儿骑，只要保证双腿不断地机械运动就行了，因为白线会把你送到想去的

地方。我承认，这样的道路很安全，甚至还很舒适，绿树成荫，空气清新，但它扼杀了一切关于骑车的自由的乐趣。又或者说，他们的自由，是规则内的自由。

德国人的生活方式，体现了工业化生产的精髓，我深表同情。但是，也正是由于这种渗入骨髓的精工细作，使他们出产最优质的产品。所以别人乐得享用"德国制造"，然后过自己的逍遥生活。很多在欧洲周游过的人，都对德国印象超好，因为干净、整洁、有秩序、国民素质高，但是如果你长期参与进他们的日常生活，便会觉得一下子就看尽了自己后半辈子的行为方式，这真是很恐怖的事。"好山好水好无聊"，是真理。

当然，必须承认，这种精神适合一切需要严谨的事物，商品如此，研究也是如此。或许有时可能缺乏创造性，但一步一个脚印。这对于现在日益浮躁的社会风气而言，是一种美好到快要失传的品质。

不过，当人的智慧被文字规约，当人类被自己制定的规则束缚太久，破坏式的爆发会不会是使生命得以延续的唯一办法呢？是不是因为这个原因，足球、啤酒节这些定时呈现的盛大狂欢，才会在德国受到最广泛的追捧呢？

十四 MVG（慕尼黑公交运营系统）博物馆

终于实现了我的周末博物馆计划，感谢 MVG 博物馆开放日！

如果不赶时间，路途又相对较远的话，在慕尼黑坐 Bus 出行会是一件赏心悦目的事情。尤其是坐在采用新型大玻璃窗的轿车窗边，随着道路蜿蜒起伏，一会儿进入森林，一会儿凌驾于 Isar 河之上，一会儿又到了繁华的市中心，还有可能遇到似曾相识的"旧路"，"原来从这儿就能到 XX 路啊！"的感叹不绝于耳，行走的一路，当真充满着"发现"的乐趣。

不过要说直达之便，还得说地铁。因为 Bus 好像就是为了摆渡各小区居民而建一样，各站间距之短，线路之迂回，车次（尤其是周末）之稀少，实在不适合有急事出行的人。记得 50 路最短的一站令人瞠目结舌，"法兰克福环"地铁站，你从东口进，再从西口出，没错，这就是一站！我站在东口站，甚至都能数清西口站排队的人！

前几天坐地铁，突然顿悟，为什么车厢都是蓝白色？恐怕是因为天蓝和白色是拜仁州的标志吧。今天到了 MVG 博物馆一看，果真如此。本以为即使是开放日，来的人也会寥寥，MVG 也能办展览？结果真是大出意料，竟颇有种络绎不绝的繁华。

好吧，接下来讲讲知识。最早的公共汽车是用马拉的，马儿真是任劳任怨，虽说车厢不长，车底还有轮子和轨道来减小摩擦，但那也是一车人啊！当然，那时人力也比较费，除了司售人员，还有另外两个人，大家都穿着拜仁州"Königsblau"（皇室蓝）的制服，至今还是如此。

关于地铁（U-Bahn）。慕尼黑有地铁的年份并不算早，虽然之前一直讨论，看着别的大城市建也眼红，但真正有第一条地铁线则是1971年的事，这很大程度上有赖于1972年慕尼黑奥运会的举办。发现奥运会真是发展交通的绝佳助推器，想想2008年奥运会之前，北京统共就三条地铁线1号、2号、13号，结果奥运会一来，5号、10号、4号接踵而至，颇有雨后春笋的味道，到现在还在没完没了地增加线路。说也奇怪，好像大家都不喜欢以建成顺序来命名地铁线路，本以为我现在常坐的U6是最新的（连着安联球场嘛），结果竟然是最老的一段！也是，通常连着市中心的地铁都很古老，U6和U3连着Marienplatz（慕尼黑市中心——玛丽恩广场），就像1号线途经天安门一样。不过还是很奇怪，在13号线那么古老的北京，为什么始终没有地铁3号线呢？另外我才知道，U3到Moosach路段的通车，标志着慕尼黑地铁的全面完工，而这事发生在我做交换生时期，也算见证了一下地铁的成长吧！

关于有轨电车（Tram）。其实很喜欢有轨电车，这会让城市显得既有历史又有美感，你看看苏黎世就知道了。虽然慕尼黑曾认真讨论过要不要取消电车，但我很高兴地看到，他们至今仍然保留了几条线路。

关于公共汽车（Bus）。慕尼黑的巴士由两个公司主力承担，一个是大名鼎鼎的"梅赛德斯"，一个是阳刚十足的"M·A·N"。最让我吃惊的是，他们第一辆无障碍公车早在1987年就投入使用了，上车不再是台阶，而是可以放下的平板。这在北京也才是最近两年

的事情吧。

　　之后还参观了有轨电车画展。果然，一旦有了照相机这种更方便的设备，用绘画来记录历史的机会总是要少很多，所以没人画1971年之后才有的地铁吧。认识了两位画家，Max Pfaller，Günter B.Voglsamer。这些画家多选取慕尼黑的标志性建筑作为背景进行创作。Pfaller 的画风有些相似，都是把 Tram 的那种"拜仁皇室蓝"闪耀到极致，并辅以细腻的暗景使其愈发凸显的风格，背景并不很繁复，还添加了风雪等自然因素。Voglsamer 没有刻意制造荧光感，也没有在对比度上大下功夫，但是他很擅长描绘繁华的场景，色彩斑斓却格调统一，如果他画一个晴天，那你真的能从每一处细节感受到温暖。值得一提的是，他的妻子、女儿也都是画家。此外，还有几幅未署名的作品，也令人印象深刻。看到的第一幅画就将我镇住了！非常强烈的光线对比。暗景很绚丽，也很细致，Tram 的车体散

发着蓝色的荧光，车窗和轨道是细腻的银光，穿行于暗景之间。这一明一暗的搭配，极具视觉冲击力。

德国的博物馆有个特点，展览周边比较完备。展览中的大部分图片或者实物，都能在纪念品商店买到明信片或者微缩版本，满足你的收藏欲和占有欲。可惜 MVG 毕竟不是美术馆，我看上的几幅画都没有到位，只买了几张老照片。倒是满地摆着旧站牌，可惜大多是我不认识的地儿。

从 MVG 博物馆出来，刚巧遇到博物馆的短驳车，这也算德国博物馆的特点吧，公交为博物馆服务，遇到"博物馆之夜"或"开放日"就会有加车，更别提这是 MVG 博物馆了，都是自家兄弟。他们也真是敬业，把哪年的古董巴士都拿出来当短驳车了，刚刚看完了那么多展品，竟然看到一个活生生地跑在路上，真有穿越历史时空之感。还特地观察了一下驾驶员的制服，他们果然穿着那套双排扣的"皇室蓝"，还戴着沿帽，一本正经地陪大家穿越。相比之下，我坐的普通巴士就没这么酷了，虽然驾驶员也穿了制服，但只是浅蓝衬衫和深蓝马甲，帽子也挂在了墙壁上——虽然按 MVG 博物馆的说法，这样是不违规的。

啊，我爱慕尼黑蓝白相间的公交！

十五　一个搞晕所有人的公交车司机

　　这个事件让我了解到，所谓德国人"严谨"神马的，没准也是浮云。

　　今天乘坐的 50 路公交车，颇有"三过家门而不入"的架势，风驰电掣地掠过站台，停到十字路口那边去了。我们一干等车人懵圈半刻，然后开始撒腿狂奔。真是"赶车"啊！

　　车继续前行。虽然一直觉得 50 路特意拐进一个死胡同画个圈的行为比较搞笑，但鉴于它是为了摆渡要去里面"大超市"的人，我还是非常赞赏其人性化举动的。结果，这个司机这回竟然不再搞笑，干脆就忘了拐进去画那个大圈，直行开到了下一站。其实在此之前，本来要在"大超市"站下车的乘客已经看出他忘记拐进去的苗头了，便大呼小叫道："我们还要购物！！"这句话提醒了司机，他像刚刚从梦中惊醒一样地开始寻找补救措施——借助其他车道强行拐进去，但是无奈车太大，没能成功，只好继续直行，停到了下一站，说"你们自己走进去吧！"而环环相扣的是，因为空掉了一站，往后的时间就不准了，这一定又会导致这一站、甚至接下来很多站的乘客都赶不上车。

　　终于到了"学生城"站，平时我都在这里下车，偏偏今天要去"法兰克福环"，所以继续坐着。结果他把车开到了平时回程 50 路才停的站台。于是又引起了混乱。等车的人一脸疑惑地上来，问"这是到约翰内斯教堂火车站"（回程终点站名）的吗？我心说"不是"，没想到司机老人家竟然点了点头说"上来吧"。我目瞪口呆，不过也豁出去了，回程就回程，把好戏看到底才是更重要的！那人半信半疑地上来后，看到终点站名写的是"奥林匹克购物中心"（去程终点站），大吃一惊，跑过去说："我……我还是下车吧，这……这上写的是到奥林……"司机竟然也不阻拦，给他开了门。我在心底为那小伙子感到庆幸，您没上这贼船真是明智！没想到，司机悠悠地转过身来，对坐在他后面的我和另一位德国女士说，你们得在这儿下车了。我其实好想问："为什么？这……这终点站究竟是哪里啊？既不是教堂也不是奥林……"和那位女士对视了一眼，发现我们虽然疑惑，但显然看热闹的心态更胜，掩饰不住地快笑抽了。不过，还是很听话地下了车。想想，这么晕的50路，真是不敢坐呢！果然，司机继续大步流星地走到后面车厢，嚷道"都下车都下车"，竟然把所有乘客都赶下来了！我好像看到每个人的脑袋上都顶着一个问号的幽默场景，很是欢乐。

而更搞笑的还在后面，我改坐了177路，在等待开车的时候，猛然发现那辆50路在把所有乘客都赶下去后，大喇喇地朝奥林方向开去了。啊，大哥，虽然我平时就坐四站没错，但今天还想多坐会儿呢，您也不允许吗？好吧，四站就四站，可是，总共就四站，站站都停错了！现在，您又开着一辆空车打算去哪儿呢？这真是个谜！

呃，我是上了酒鬼开的车吗？还是在酒鬼的梦中而已？

十六 人人怕生？

昨天和彦凯聊了聊，发现他也有过像我一样的感受。戏剧学的亚洲面孔太少，他第一学期时，每次进教室都是一种挑战。先到了坐在那里，德国学生推门而入，往往会诧异一下，我是不是走错教室了？晚到了进门，本来聊得热火朝天的德国群，总是要那么意图明显地安静一下，然后再继续嘈杂。他就想：我是病毒吗……？我说感觉和他们很难成为朋友，因为别人混作一团聊天时，你根本不知从何下口；而一旦下课，大家就作鸟兽散，各回各家各

找爸妈去了，甚至下课前两三分钟就已经收拾好东西准备走人了。彦凯表示理解，而且确实，当你觉得自己德语还没准备好的时候，就更难开口。康倒是提过一个很好的建议，说你就听他们说话，如果碰巧遇到自己知道的，就赶紧插话，这样主动一些的话，情况也许会有好转。

"主动"。彦凯也认为和德国人交往，"主动"是必要的，因为他们都很害羞呢！他们可能也对你感到好奇，也希望和你说话，但这种欲望远没有"怕生"来得强烈。所以，如果你也抱着同样"怕生"的心态就不行了。而当你迈出第一步后，会发现他们也是会回应的，一起讨论，甚至一起选课，都是有可能的。其实关键还是在于心态，如果想的是"他们不理你"，罪责就在对方了，然后自然而然地把他们划归到"冷漠"范畴中，你就愈发没有去说话的欲望，于是越来越自闭。但是如果"以己度人"，他们只是和你一样害羞的话，那么你就主动一点吧。其实，我相信大家都是有交流愿望的，从他们的眼神可以看出来。

今天中午在食堂吃饭，听两个中国女孩聊天，也遇到了同样的问题——无法融入。其中一个可能住的 WG（有自己卧室但共用客厅厨卫），说大家也就见面打打招呼，然后各自把门一关，谁也不理谁了。她觉得非常寂寞，连个可以说话的人都没有，总是孤身一人。

其实，大部分留学生，还是喜欢和本国人在一起，虽然他们也有和德国人交流的欲望，无奈没有"条件"。其实，我是很幸运的，因为参加了 GAP 活动，通过 Comi 认识了 Sonja，然后和她变成了非常好的朋友，又通过她认识了 Monika 等人。虽然德国朋友不多，但竟然相交甚笃。当然还有在国内认识的 Melanie 和现在南非的 Sarah。其实，回想认识她们的过程，除了 Melanie 是由梦峥介绍而来外，

Sarah 是因为我主动贴了征友广告，Sonja 则是因为我没有逃避，去参加了 12 楼的聚会，虽然过程无聊，结果却很美妙。

可见，"主动"是你想交更多朋友的不二法门。你不能给自己设限，说"自己德语不好，怕别人丧失耐心"，"他们都不理我，我何必理他们"，"大家都很冷漠，我还是别去自讨没趣"云云，这些全是主观臆断。实情却是，每个人都有交流的欲望，只不过隐藏的程度有深浅而已。你要做的就是去突破这个瓶颈，捅破这层窗户纸，到那时，就会有世外桃源般的豁然开朗！

十七　喜爱慕尼黑的 N 种理由

　　圣诞节到了，问起学友们的安排，这个去巴黎，那个去意大利，要不就跟着朋友回家，愿意留在慕尼黑的人少之又少。这真是个有趣的现象！就像每次朋友说"带我转转慕尼黑，你对这座城市已经太熟悉了吧"的时候，我都很汗颜。什么啊，恰恰相反，事到如今，我对慕尼黑的认识，恐怕还不如普通游客呢！没去过宁芬堡，没进过洋葱头教堂，站在玛丽恩广场举目四顾，这都是些什么建筑呀，钟楼的小人会跳舞吗？一问一个懵。对我来说，"有朋自远方来"时，才是自己游览慕尼黑的时刻。一放假，大家都在拼命往外跑，东西南北欧，再加上海峡那边的英吉利，查攻略、报旅行团，忙得不亦乐乎，却唯独怠慢了自己身处的这座城市。是啊，我可以轻易描绘斯图加特、海德堡、柏林、科隆，甚至勒沃库森的风景，却偏偏对慕尼黑最不熟悉。

　　人太容易被表象迷惑了。对远方的城市视若珍宝，以为机不可失时不再来，所以要利用每一次放假的机会去体验。而眼前呢？反正已经生活在这里，什么时候欣赏大概都是可以的吧！就是这个"什么时候都可以"，最后却变成"什么时候都没有"了。当我们望向远方，眼前便是一片盲区。譬如艳羡别人结婚，眼红别人挣钱……我们不停地注意自己缺失的那部分，却偏偏对享有的视而不见，譬如独身生活的自由，在国外潜心学习的安静，竟还因此闷闷不乐，真是贪婪呢！只有当我们现在拥有的最终失去时，才会意识到它的可贵。这也许是另一种意义上的"生活在彼处"？可悲呀！抓住现有的，充分发掘，而非徒劳地艳羡山那边的景色，或许才是大智慧吧。

所以，我应该对慕尼黑有更多的了解。教堂和景点是给游客看的，我要自己感受她的美丽。话说回来，我与慕尼黑也算相当有缘呢！在还没有成为德国 Fan 的时候，就已经从初中地理课上认识了慕尼黑，作为一个命名控，"慕尼黑"这美丽的名字就足以构成我喜欢她的全部理由。直到后来迷恋德国，"慕尼黑"自然就成为了最向往的地方。可是，亲自来过以后，却反而找不到喜欢的感觉了。这期间，无数次听人说起，慕尼黑多么多么好，连 Weimar 和 Jun 都觉得这里是欧洲最好的地方，我却沉默了。要说喜欢，我看了一眼便喜欢上的，倒是斯图加特和海德堡呢！于是我问她们喜欢的理由，也仔细倾听每一个说喜欢慕尼黑的人给出的理由。不外乎景色美丽、教堂宏伟、城市安静、福利优厚，啊，还有艺术出类拔萃……可是，为什么在我的印象里，慕尼黑就是一座砖红色的毫无特点的平庸城市呢？即使有我最爱的安联，有英国公园，也还是不能改变这样的印象。也许是因为她太过完备，反而没有使人印象深刻的地方了吧？

直到那一天，在雪中两小时的散步，才让我找到了答案。

在慕尼黑最喜欢的地方，便是中国塔四周那片森林，有事没事常会去走走。那天的雪把森林尽染成一片洁白，却依然纷纷扬扬个不停。四周都是参天直立的大树，不过没有了叶子的遮挡，光线便可肆意地透过来，一切都很疏朗。此刻，只有我一个人走在林间的

道路中央，鞋与雪的摩擦，发出"嘎吱嘎吱"的厚实声响，戴上耳机，随精市唱一曲《真实》，自己的声音听得很清楚呢。身后马蹄声响，一架载着啤酒桶的马车轻轻掠过，是给圣诞市场送货的吧？唔，又听到了水流声！站在小桥上，看了一会儿潺潺的溪水，继续散步。咦，前方那片开阔的草坪上是什么？

终于看到希腊式凉亭了吗？！原来竟然在中国塔这一侧。哈，最浪漫的事来啦！一辆有轨电车擦着森林边缘慢慢驶过，还发出"叮"的一生脆响！感觉很像"银河铁道之夜"呢！自己那么向往乘坐"欧亚大陆桥火车"，就是因为听说能穿越俄罗斯林海！先在这里小小地实现了一下。如果我家住在能天天坐这趟电车的地方，也会感觉很幸福的！说到这里，自己竟然没有坐过？！不行不行，赶紧补上！擦过森林，也便离开了森林，雪依旧漫天飞舞。咦，电车要钻进这条小巷吗？哇，一个转弯，竟然在这条小路里深藏着一座宏伟的教堂！唔，原来叫"圣卢卡斯"。等等！河那边若隐若现的是什么？还藏着一座更磅礴的建筑？过去看看。嗯，光是这座架在"护城河"上的桥就已经很有气势了，在桥的那一端难道是传说中的旧王宫？！走过去看，居然感觉很像西藏的布达拉宫！虽然它小了好几号，但那种端正威严的样子还是相当有震撼力的！围墙将宫殿包裹在里面！咦，紧贴着围墙的是什么？电车轨道？哇，一辆电车穿

越林海，另一辆盘桓在王宫吗？那还真是非坐一次不可！话说这趟电车的线路也很好，不仅飞驰于奢华的马克西米利安大街，还要穿过繁华的步行街呢！画风很是多变……

从那天下午的"自然＋电车＋建筑"之旅，我终于发现了慕尼黑独有的风致，不同于斯图加特被群山环绕的秀美，也不同于海德堡的古朴，慕尼黑简直就是生活在森林中的城市！森林是我们散步的后花园，坐着有轨电车能体会到穿越林海的感觉，在精致的小巷中隐藏着意想不到的宏伟，森林里也掩映着旧日的王宫，还几乎和电车零距离呢！啊，与树木呼吸与共，与历史擦身而过，在精致中偶遇壮美，在古典中发掘现代，喧闹中蕴藏着唾手可得的宁静，一切的结合都是那么和谐！如果再加上不可替代的安联球场，也许，我已经找到了喜爱慕尼黑最充足的理由。

十八 一个家庭的圣诞节

很感谢安娜邀请我和她一道回家，让我认识了这个四面环山的美丽小城。之前听维一说过南蒂罗尔（Südtirol）是意大利北部的德语区，不仅安娜和 Nadia 从这里来，"艾玛"也是。这次先坐火车抵达波尔扎诺 Bolzano/Bozen（应该是 Südtirol 的一个区吧），再坐轻轨到 Meran（曾听安娜自我介绍说来自"Meran"，我还以为是有 AC 米兰和国际米兰的那个城市，现在终于搞清楚怎么写了。中文称作"梅拉诺"，以温泉浴场闻名），然后由她妹妹 Irene 开车接我们，回

到她在 Algund 的家。这一程走得相当曲折，不过能令自己稍感欣喜的是，我能非常有条理地说出那条线路，并描画出我所到过的这个新地方了。

圣诞节对于西方人的意义，正如春节对于中国人。在西方，过圣诞节虽然含有一定的宗教意味，但更大程度上是为了一年一度的家人团聚。Sonja 说今次是她第一次圣诞节没有回家过，也足以证明"回家"是圣诞节的必修课了吧。当然，不仅家人团聚，这还是一个朋友重逢的时节。大家一年四季都漂泊在外，久不联系，都趁圣诞节前到酒吧相聚叙旧，看看 Rossini 酒吧被挤个水泄不通的样子吧。几乎每人都是旧识，都在互相打招呼、拥抱，见面必"左右左"亲吻三次及"Frohe Weihnachten"（圣诞快乐），然后去吧台要杯热红葡萄酒（Glühwein），在人群中找个空开始聊天。虽然这些人我一个都不认识，却也很容易就被气氛感染了，那天大家见面亲吻的次数，简直比我从出生以来亲吻次数的总和还要多。当然这也是因为城小，大家儿时都抬头不见低头见的，互相熟识也并不奇怪，这要放在北京，转个学搬个家，就泥牛入海、杳如黄鹤了，更别提大家全都默契地拥入一家酒吧的奇迹了，所以才有人乐此不疲地组织同学会嘛。于是又想起了翩的一句话，"我觉得适合居住的城市，就是到城中的任何地方都不超过两小时"。也许这不仅在于交通，还有情感维系的意味在里面。后来回到 Algund 更是如此，安娜几乎能和每个行人打招呼。也许中国农村还保持着这样的风格，在大城市中，连门挨着门的邻居长什么样都不知道，也非新鲜。

虽说是团聚日，一些仪式还是要履行的。在平安夜的晚饭前，大家会一起念诵《圣经》里的某片段，虽然在我听来就像甘道夫在施咒，却还是忍不住要落泪——简直太神圣了！然后由妹妹用竖笛

吹奏一曲《平安夜》，大家一起唱和。啊！一棵挂满了星星与礼物的圣诞树，轻轻摇曳的烛光，昏黄的橘色宫灯，围坐在一起的家人和萦绕在耳边的《平安夜》，这才是属于圣诞节的温馨啊！不过本以为会有各种蔬菜和肉类，就像年夜饭一样鸡鸭鱼肉冷盘荤菜摆满一大桌，结果倒是出乎意料的不丰盛，甚至可以用"清淡"来形容。先是南瓜粥，然后主菜是米饭、宝塔菜花、猪肉排，一人一盘，味道很好！当然最值得一提的，是意大利圣诞节传统食品——Panettone，这个蛋糕真是绝赞，其弹性和甜度都达到了最适宜的程度，再配上大颗饱满的葡萄干，吃完后真是愉悦度大增。就是这样一顿充满着"家"的气息的晚餐，衬托出了团圆应有的温馨。

平安夜晚上十点半，姐妹俩陪我去了教堂。这真是一座必须用"漂亮"来形容的现代建筑。它没有古老教堂高耸的柱子和精美繁复的雕刻，更重要的是没有因神圣而带来的巨大压迫感，反而像艺术画廊般充满着自由平等的气息。不过，无论是入口处被钉在十字架上的耶稣像和圣像前的圣水池，还是落地窗镶嵌的绚丽壁画，抑或主教墙壁上挂着的眼、耳、唇、手、足五幅画，都彰显了它作为教堂的救赎功能。仪式不算太长，一开始管风琴起奏、唱诗班共鸣的刹那深深地震撼了我的心灵，那种瞬觉周身金光万丈、令人只想闭合双眼仰望天空的感觉只能用"神圣"来形容了，似乎真的走进了天堂，看到了天使。之后便是在牧师的带领下进行仪式，解读《圣经》，回顾过去，展望未来，全体合唱。我也才知道，为什么每排座椅前会另有一道较低的横梁，开始以为是为了放脚，后来才明白是为了跪着祈祷。中间还有个环节比较有趣，牧师分发饼干和葡萄酒，它们比喻为耶稣的血与肉，大家可自愿前去领取，这应该是一种护佑与传承的意思吧。席间各位教友还要相互握手致意，以示四海兄弟亲如一家。仪式结束后，还可以自取白蜡，从教堂借走神火，Irene 也拿了一个。

　　圣诞节当天，我要求再去一次教堂，想一睹白日的真容。甫一推门，又一次被音乐感动了。不似前一晚鸦雀无声般的肃静，此时虽然寂无一人，却有如被《仙境》中"变幻的风"盈满的感觉。定睛一看，一个人安静地坐在墙边，正在动情地吹奏排箫。音乐和着排箫回荡在整个教堂中，宛如置身幻梦。

从教堂满载着心灵的愉悦归来，我们便驱车前往安娜住在深山中的舅舅家。穿过崎岖的林间小路，尽头便是林海雪原中的一幢小木屋。如此安静到能听见踏雪、甚至叶片飘落的声音的地方，却又鸡犬相闻、不失生趣。小屋前有一汪池水，清澈也凛冽。极目远眺，才知已入半山腰，看树木一层层向山下铺开，也不难想到深秋层林尽染时的美妙了吧。四面环山的城市，总是这样充满魅力！这与斯图加特又不尽相同，山更真实，也离得更近。还记得来这里后的第一个早上，打开卷帘门，触手可及的群山便把我震撼了，看惯了前后左右的楼房，还真没和山做过邻居呢！抬起头，能把雪线上的一举一动尽收眼底，视线下移，半山腰牧场里的牛在吃草吧？！有时在城里散步，刚刚还在繁华的市中心酒吧，怎么走了 10 分钟竟然就在半山腰了呢？俯瞰近在咫尺的街心和远方积雪的山脉，感觉很奇特。安娜说过，这都算作阿尔卑斯山的一脉呢。

安娜的家也布置得极为自然，本身已是木质结构，却还到处都是绿植。简直就像进了植物园一样，感觉钻进客厅都要穿越丛林呢！再加上圣诞树点缀其间，又增添了童话色彩。不过更富有童话色彩的还是安娜的屋子，一整面墙被涂成淡蓝色，一只银色的独角兽跃然其上！床尾摆着一架钢琴，旁边还竖着一盏公主灯，粉色的六角形灯罩，垂坠的流苏，我是不是恍惚中坐上了旋转木马呢？没想到，安娜是如此富于艺术才华又具有少女情怀的人啊！

说到安娜就自然要提到她的家人。这是一个温馨的四口之家，爸爸、妈妈还有妹妹。爸爸据说曾经在当地中学教拉丁文、文学和地理，非常有老知识分子的派头。乍一看相当严厉，甚至不苟言笑，但目光中会流露出智慧和温和的情感。爸爸对外界事物依然保有着旺盛的好奇心和深邃的思考力，他会问我来到德国后感到的差异，也会谈起国人的医疗情况。同时他又是个很有童心的人。看到我们姐妹三人在玩桌上保龄球，便表现出了极大兴趣，但请求晚些时候加入，然后一个人在旁苦苦练习。对了，在平安夜和圣诞节时，他还负责在教堂弹奏管风琴呢！妈妈则是非常典型的慈母，宽容、善良、不求回报，把我也当成自己的孩子一样悉心照顾。虽然腿脚不好，她还一直为我们张罗饭菜，当我们贪玩晚归时，热气腾腾的晚餐已经上桌。告别的时候到了，妈妈紧紧地抱着我，在我的面颊上亲了亲，那一瞬间，真的有种离家的感觉。Irene 也很可爱，很有教养，却又直率而天真，让人第一眼就会喜欢上她。玩智力游戏的时候，她会温柔地说"能允许我来读题吗？"；而当我和安娜大段说中文时，她便会"愤然"离去。

说到游戏，便不得不提那个晚上。可惜爸爸苦练了一天的桌上保龄球，我们最后玩的却是智力测验。不过，对于知识分子来说，这也许正中下怀呢。爸爸的历史知识之渊博，正如 Irene 在建筑学上的百战百胜，也如我凭借"体育卡片"获得了很多点数一样。那一晚，全家聚在一起，其乐融融。好像我真的是这个家庭中的一个成员，从小到大，一直都是！爸爸妈妈与孩子一起玩乐，真令人怀念啊！我家也曾经有过这样的时光呢，小时候是和爸爸妈妈一起玩牌，甚至在姥姥家还有姐妹几个一起玩，长大一点便和妈妈下军棋，现在更多的时候，是大家守着各自的一方屏幕在喜怒哀乐吧。虽然也是有趣的生活，但还是会怀念那样相聚的日子，和从房间中传出的欢声笑语。

其间还有一个小插曲，由于我的名字"婧之"太难发音，他们为我取了一个读音相似的名字 Cinzia，据爸爸说，那可是一位古希腊的诗人哦！有着你想象不到的文化内涵。

第三天要离开了。爸爸和我握手道别，Irene 和我亲吻再见，妈妈抱住我说希望再来，安娜开车送我到车站，途中还与我聊了很多。这样温暖的一家人，这样温馨的圣诞节，什么时候想起，都足以令我怅然：一生能有几回？

十九 哦，美因河畔的法兰克福

从安娜家回来，就踏上了法兰克福与 Joyce 的"偶遇"之旅。与她认识七年，却在读研究生三年级的最后阶段才因在人艺买票的事儿相熟，没想到就变成了能相互拜访的朋友。

冬天作为旅行淡季的一大原因，一定是因为天黑得太早。德国的整体纬度比黑龙江还靠北，可见在深冬时节会是何种光景了。这不，下午 4 点刚过，天竟然已经擦黑儿了。不过还好不是在北欧，那个据说下午 1 点钟就日落的地方可让人如何自处啊！伴着尚能看见五指的暮色，我们望到不远处有个教堂的轮廓。走近一看，发现此处设一售票亭，旁边的黑板上画着类似于上海各天际线建筑的高度标示图。对了，听说法兰克福是德国唯一有天际线的城市，听起来好酷啊！不过我俩对于爬上教堂看摩天楼显然没什么兴趣，只是恶趣味地给它起了新名"瞭望教堂"。走着走着，竟然就到了罗马人广场，传说中的人字形山墙和正义女神喷泉已经隐在夜幕之中，只有一棵装饰着缤纷彩灯的圣诞树彰显着后圣诞气氛。她说"天黑了"，我说"那回去吧"，她说"好"。这样经典的对话，将在接下来的近十天当中，每天一次毫不爽约地出现在我们之间。

打了鸡血的黑夜啊，总是来得那么早！

第二天开始正式旅行，先去了歌德故居。说也奇怪，这里的讲解导航共有五种语言，除了德语和英语，剩下的三种竟然是中文、日文和韩文。这可是欧洲呀！没有意大利语、西班牙语也就罢了，连法语都没有吗？难道是因为亚洲游客比较多，或者是歌德在世时与亚洲三国的交流比较多吗？

歌德的家是一幢四层小楼，各室功能明确，条理清晰！一层是厨房和会客室，二层是北京厅、客房和音乐室，不得不提一句，音乐室中有一幅画，是歌德全家扮成缪斯的样子在希腊式立柱前吹弹，相当富有创意！三层是"所谓的"出生室，最喜欢那句"我于正午十二点降临于美因河畔的法兰克福"，诗意得让人直起鸡皮疙瘩。墙壁上还挂着竖琴和一颗金星，象征着"诗与真"。这一层还有父母卧室、画廊、图书馆和妹妹的卧室。说到图书馆，还从侧面开了一扇小窗，据说是父亲为了监视孩子放学有没有直接回家而设置，而想方设法地逃避监视，也成了歌德童年的一大乐趣。四层是歌德的创

作室、木偶剧场模型以及
一些绘画收藏。没想到绘
画竟然是歌德在文学创作
之外的另一大爱好呢！

　　除了房间分布合理、
井井有条，整个住宅的设
计也非常精致。譬如用男
女主人的姓名缩写雕饰的
楼梯栏杆，在停电前 6 小
时小熊就会倒下的天文钟，
站在窗前就能欣赏到邻居
家花园的视角……当然我最喜欢的，还是凡是住人的房间都有自己
的颜色。一楼的两间会客厅，一采用做旧的天蓝色暗花壁纸，一采
用暖黄色墙面，一间用于普通客人，一间用于贵客。北京厅更不消

说，满墙便是富有中国特色的亭台花草。客房同样是浅蓝色，但雕花更为华丽精美。歌德出生室涂成了碧绿色，但墙底有一圈十厘米宽的缪斯图，以金色镂空花纹雕成。父母的卧室是白底碎花，带给人宁静而质朴的感觉；妹妹的房间依然是淡蓝色，而更为纤细密集的兰草似乎显示了主人细腻敏感的性格。歌德的创作室依旧是同出生室一样的碧绿，没有雕花装饰，也许是为了专注于创作吧。真心喜欢歌德故居！当时的富裕家庭能住在这样的房子里，让今天的我依然会生出无比的艳羡。

后来又去了另两家博物馆——电影博物馆和美术馆。正如 Joyce 所说，本以为电影博物馆是讲电影作品史的，没想到是一家技术博物馆。当晚去吃了之前看好的 Fisch Franke，光头服务员 Blaufuß 先生非常友善，不仅深谙待客之道，还是个精通烹饪技艺的美食家。他给我详细讲解了红鳟与蓝鳟在做法上的区别。后者是不去皮的，做熟的方法也并非煎炒烹炸，而是水煮。先用醋将鳟鱼喂好，不刮鳞，而是用湿手洗净；再用添加了洋葱、盐、刺柏果（Wacholderbeeren）、胡椒粒、月桂叶（Lorbeerblatt）及（用作香料的）蔬菜（Suppengrün）后一起煮沸的水冲洗蓝鳟；最后再把煮沸的白葡萄酒醋（Weißweinessig）浇在蓝鳟上并浸泡 10-12 分钟。如果背鳍很容易剥离开，蓝鳟就做好了。然后配上撒了香芹（Petersilie）的盐津土豆和液体黄油，以及几片柠檬，就可以开始享用啦！肉质细腻鲜美，又不失清淡。开始我以为是清蒸的，看来还真是有所不同呢！

第三天我们离开了法兰克福奔赴海德堡。凡是见过海德堡的人，很难有不喜欢的。那种古朴的历史感，会让时间都放慢脚步呢！这次的一大收获，是拍到了恍如末日的基督图景！古桥一半被夕阳照耀，另一半却隐藏在乌云的阴影中，远方的天空也诡异而瑰丽，看似澄澈的淡蓝，到了眼前却是浓云密布。趁着最后一点光亮，我终于有机会从"蛇路"攀登至哲学家小道。当真曲折，而且相当长，爬上去后简直快要累死了！哲学家小道本身没有什么，倒是这条"蛇路"，象征了思想在明朗前的挣扎吧。回程的时候，德铁出了问题，本该乘坐的那一班因故取消，只好在寒风中多等了一个小时。Joyce 于是也学会了骂德铁的经典台词：Deutsche Bahn！

法兰克福的旅程，在参观过法兰克福大学（Johann Wolfgang Goethe–Universität Frankfurt am Main）和白天的罗马人广场以及"瞭望教堂"后，宣告结束。

的确，她很现代，从矗立着各种总部（银行的、铁路的）的大楼、车水马龙的交通、人满为患的步行街和购物中心，就能获得这样的观感。甚至夸张一点说，如果不是有歌德故居在，她甚至不太像富有文化底蕴并宁静的德国城市。

　　不过，这里毕竟是有着巨大穹顶火车站的法兰克福，它散发着典雅而工业化的气息，让我们回想起了很久很久以前，冒着白烟的火车头、提着牛皮箱子匆匆赶路的绅士、和情人话别的淑女，仿佛听到了远方的石子路上传来了咯哒咯哒的马蹄声，和属于那个时代的络绎不绝。

二十 汉堡下午茶

　　独自旅行有独自旅行的好处，虽然有时会感到孤独，但同样会有"艳遇"。这里并非指遇到帅哥，而是指交到朋友。因为如果两人一起，便多少有点小圈子的惯性，只与同伴交流，对外充满警惕。倘若只是一人，便强迫你要和外界接触，这就成了"艳遇"的基础。像先陆姐能在柏林大街上遇到愿意给她讲柏林墙故事的老人，我也在汉堡的青旅遇到了愿意给我讲开姆尼茨的老太太。

　　但是，汉堡真是个处处拧巴的城市。但凡有了砖红色的城市，似乎都有点历史，汉堡也是一样。可是砖红色的仓库城虽然漂亮壮

观，却完全没有海德堡的古朴感；望着集装箱码头说她是现代工业城市吧，似乎也不太有说服力。在宁静的慕尼黑待久了，刚到汉堡便觉得不胜其乱！少女堤旁尽是搞推销的商贩；赶紧离开走到僻静处，却好像又不如热闹时安全。再加上水道城市错综复杂的道路，让我完全找不到德国城市应有的秩序感。

虽然有著名的圣保利和嘈杂的周日鱼市，但整个城市还是欠缺活力，晚上 7 点就疑似打烊姑且不论，就连白天都感觉没人做生意似的，寂静得吓人。建筑也莫名其妙，要么像阿尔斯特湖边的雕塑一样不知所云，要么好比忘建大门的摩天楼，尽收眼底的全是"现代"这个概念，从哪儿进却无从下脚，真能让人郁闷至死。公交也够错乱，叫"地铁"的在高架上跑得欢，叫"轻轨"的反而窝在地下。

拧巴还在继续着，虽然我并不喜欢这座城市，偏偏在几家博物馆玩得很尽兴，微缩景观世界（体验上帝是如何俯瞰着人类、且看德国人如何穷尽智慧地过家家）、香料博物馆、对话黑暗（人只有视觉丧失时，也许才能认真处理听觉、嗅觉、触觉带来的信息）都非常有趣，真是进门满是惊喜，出门霎时无语。Melanie 说汉堡特别美，但在我看来，水并未赋予她本应具有的浪漫与灵气，反倒因为码头和铁臂显得刚硬十足。总之，随处可见的违和感竟让我失语，随时处在一种怪异的矛盾中，浑身不自在。

但是没想到，在汉堡的最后一个下午，竟让我爱上了这里。

五天以来，汉堡在我眼中都是一个拧巴的城市，虽然有很多有趣的东西，也没有一家博物馆让我失望，甚至还新交了一位德国朋友——竟然还是巴拉克的老乡，都没有让我喜欢上她。但是，在星巴克的这几个小时，我却感受到了前所未有的舒适，没错，那就是我一直想要的感觉：平静的内心，触手可及的世界。

虽然同处市中心，却有种偏安一隅的人烟稀少；巧克力松露蛋

糕，细腻得令人惊讶；第一次觉得咖啡的苦和它正相配；一马平川的无线网，写个邮件，就有种朋友在身边的愉悦；松软的沙发椅，只想在一个阳光午后放肆地沦陷进去；抬眼所见便是仓库城标志性的砖红建筑，历史感愈发浓郁；而一座高铁凌空飞架，每五分钟便有一趟列车缓缓驶过，提醒我依然在现代。汉堡的历史感与现代感本来甚是违和，有种四不像的空洞，唯独今天下午，和谐得令人想流泪。恰到好处的背景音乐时时入耳，但处在交汇时空中的我，却出乎意料的专注。那位胖胖的帅哥店员友好又周到，得知我来自北京后甚至还说"酷"，一改我对汉堡人冷漠的印象。

更加巧合的是，我来汉堡的第一天晚上，也是这家星巴克解了我星冰乐之困。那天晚上对星冰乐莫名其妙地疯狂长草，可天色已晚地图上又不会标，只能交由灵感信步前行，最终就找到了这里，这本已是冥冥中的缘分。而今天饱受无处上网的心急如焚和无语店员的精神折磨，内心本已十分焦躁，又是它解救了我，并以那样美好的方式。

从它开始，又由它结束，为我的旅行画上了完美的句号。这个拧巴到让人无处安放感觉的城市，却在最后一刻，和谐到了极点；并让我明白，原来这就是我在"我自己的德意志"中一直想要寻找的东西，一种只属于我的，与一座城市的联系。

Starbucks beim Rödingsmarkt，就是这样一个地方。

二十一 语感与文化

　　语言确实能反映一个民族的文化。当我用德语学汉学时，便能真切地感受到。中国文化最吸引我的一点，莫过于对"感觉"的强调，很多词汇都非常有"灵气"。单就这个"灵气"，德语就翻不出神韵，说是"聪明"？似嫌味道不足；智慧？又太过于正经；即使意思相近，那种飘忽随性的感觉也失去了。又如"道"，德语翻译成"一种方法、规则"，虽说大致是这个样子，可是立刻就充满了一种机械与实体的味道。能用抽象的语言去精准地描述另一种抽象的、难以把握的感觉，也许才是中文独有的东西。又如"精髓"这个词，对，还有"神韵"，其实都来自中文独特的语感。

　　德语就像它的产品一样有条理，光一个"我"就有"ich，meiner，mir，mich"四格，使用正确才能表达清楚意思，形容词词尾的变化就不提了。中文则是用语序来承载内涵。譬如"你给我一本书"这个短句，如果将位置对调"我给你一本书"，意思就完全变了。但德语没关系，Du gibst mir ein Buch 和 Mir gibst du ein Buch 和 Ein Buch gibst du mir 应该都是一样的，唯一不同的可能是强调点不一样和习惯用法问题。也就是说，德语词汇比中文词汇承载了更多含义功能，而中文则将词汇的一部分责任分摊到语法和重读中。

　　总之，如果说中文是感悟随性的，那么德语就是严谨理性的，整个体系都有一种现代科学的味道。我认为，语言与民族的审美倾向有着远比想象中更紧密的关系。他对什么强调，就会在什么方面造出很多精准的词汇；他不关注的地方，自然就有所疏忽。而一代代传承下去，民族性格就会与语言相辅相成。中国人恐怕在"疲惫"方面很有心得，姑且不论古文的疲、乏、殆等词汇，单就现在常用的困、倦、累就有十分不同的内涵，可德语一个"müde"就把所有情形都囊括其中，实在令人扼腕。

我曾把能否准确表达意思，作为衡量外语水平是否合格的标准，但现在看来，是不可能的，因为对这世间一切元素，各国语言选取的想要描述的对象，根本就不重合。忘掉母语容易，忘掉这份心情，太难了！而且歪曲臆断不可避免，是人都会按自己能理解的方式来消化新事物，到最后，剩下的真实究竟有几分，便也很难说了。我敢肯定，一定会有因为本国语言不够细化，导致某两种有微妙差异的感觉只能用同一个词来描述的情况；甚至因为压根没有描述这种状态的词汇，导致人根本就体会不到。所以说，既然语言决定了民族的审美关注点，自然也就决定了民族的审美盲点，经常性的不能理解，或者曲解，也就不能避免了。

二十二　心悟与新悟

　　渐渐有了这样一种感觉，原来看戏的眼光太片面了。认为一部戏只有一个主题，我作为观众的使命，便是对上这个答案。如果成功了，便是没白看，理解了；如果失败了，那就比较遗憾。而好戏，就是"结构精巧、思想深刻"，无聊的戏，就是那些"充满噱头、哗众取宠、思想浅薄"的东西。而怎么表现思想呢？

　　我把"情节与主题"看作是艺术家表现思想的唯一途径。其实仔细想想，这是值得怀疑的。没错，对于剧作家，尤其是由作家转行的剧作家而言，"由故事表达思想"大体没错。但是，导演的作用是什么？难道他就是个媒介？负责把剧本转成演出？导演之所以同样是艺术家，不仅因为他能够以"适合戏剧的方式，把剧本搬上舞台"，更在于他能够通过舞台手段，去表达自己的思想、对剧本的理解。当然，演员也是如此。而舞台手段，诸如戏剧空间、节奏、服装、道具、灯光、音响、布景这些元素，就是导演的思想载体。当然，剧作家和导演的功能，不可能划分得那么清楚，但所谓"条条大路通罗马"，"剧本和主题"与"舞台元素"所承载的"思想重量"是一样多的。一直以来，自己竟然只关注前者，而忽视舞台，认为它只是帮衬，实在太片面了。

刚来德国时看戏，情节全然看不明白，经常觉得无聊。到后来偶尔看到一些有趣的舞台表现，但依旧认为这是"形式"，在没看懂"主题思想"的情况下，无法认为这是"好戏"，这个阶段"interessant"（有趣）是我最常给的评价。但"有趣"并不代表"深刻"，不"深刻"就不代表"好"。再后来，跟Sonja又看过一些莫名其妙的演出，譬如"Tanztendenz"的一个表演——两个人和肥裤子——令我觉得非常新奇，甚至还颇受了点启发，虽然不知道他们

到底想表达什么，但还是很"interessant"。不过后来突然发现，我完全可以自己去阐释啊！

这就与国内所学大相径庭了。一出戏正式上演前，通常会有排练演出，邀请一干剧评人前往观摩，然后第二天报纸上纷纷会写"这是一出讲了什么什么故事的戏，表现了什么什么样的主题"，譬如通过王府井百年老街的兴衰，表现了北京商人的道德品质和民族情怀等等，当然是往深刻了写。而读到数篇大同小异剧评的我，在进场前，就已经相当明确地知道，自己将要看到什么。真的，很少有"不明所以"的戏。

于是，被"主题明确、思想深刻"的剧评观培养出来的我，在德国看到那么多"莫名其妙"的戏时，难免会有接受障碍。但是，看了"两个人和肥裤子"的表演之后，我才隐隐意识到，这也许才是艺术的本来面貌——"表达思想"，而非"制造深刻"。

我之前有两个误区，一是以"文学"为衡量戏剧艺术的标准，甚至都快成衡量一切艺术的标准了；二是只以"深刻"为好，殊不知"深刻"其实都是阐释出来的。一个真正的艺术家，不会在创作时想"怎么把我的作品弄得越深刻越好"，那种揠苗助长的想法只能辣手摧花，是产生不了自内心流淌而出的好作品的。"制造深刻"，似乎应该是研究者们的事。

而对于"表达思想"，其途径并非只有剧本，舞台同样是非常重要的手段。譬如现在修的"戏剧空间"课，就让我充分了解到，剧作家、导演、演员是如何通过"空间"来表现思想的——这原来完全是我忽视的领域，没想到学问大了去了。这也是"戏剧学"其学科意义之所在，"剧本的主题和思想"归属文学研究，"舞台表现"才是"戏剧学"的核心。这从"剧本"这个单词由"Drama"到

"Theatertext"的重心转移中就能看出来。

在追求"表达思想"之上，是"交流思想"和"启发思想"，如果每个人都对你的作品有不同的理解，无疑是非常好的；而自己的作品能带给人启发，也许是艺术家最大的快乐吧。所以，自那之后，我不再追求"深刻"，作为观众，我首先希望看到"interessant"的作品，然后我会给予自己的理解，并期待有所收获。这种艺术家与观众的关系，不是"施受"关系，而是平等的。而到了艺术家圈内，则表现得更为明显，Sonja说，作为观众，给Minako写信，可能会siezen（以"您"相称），而一旦到她那里学舞踏，即使是作为学生，也立刻变为duzen（以"你"相称）。

基于新"艺术观"，我认为，每一个致力于通过艺术手段"表达思想"的人都可以称为艺术家。即使是我，不管有没有头衔，只要画出了自己的思想，就是艺术家。你可以喜爱小畑健，并奉他为老师，但永远不要忘记，即使用他的画风，也要表达你自己的思想。

国内著名的艺术院校有很多，但是有几个学生能抱有成为"艺术家"的觉悟呢？这也是我在德国学习的体会之一，即我们的任务，当然也要去学习基础知识，但更重要的是，自己去分析，因为我们也是"研究者"。我们要通过分享自己的，与他人交流，然后获得有益的启发，从而完善自己的思想。

昨天看了 Minako 的舞踏表演，非常有趣，尤其在"空间"的运用上。这是一个在大厅里进行的表演，"舞台"被"躺倒的树干"分割为很多排。表演从最里处开始，呈"之"字形逐渐表演到最前面。我认为这个从里往外表演的过程，也是时间从远古到现代的过程，表现了生命的诞生、人类的进化，舞台最前点是死亡，然后挣扎、摆脱束缚、直至重生。甚至横轴也有时间意味：在第一行是非常缓慢的，也许象征了从远古时代到生命诞生是一个非常漫长的过程；第二行和第三行相对快些，而且分别以鱼和鸟的形式表演；第四行开始渐以直立行走，速度更快一些；到最后表现人的生命发展直至死亡时，竟然不再呈"之"字逐一走过，而是跳跃直插到舞台前沿了。简直是时间和空间的完美结合！

想想如今形成的这些看法，还真是要深深感谢德国——那是让我收获关于艺术形式与思想的令人着迷的国度，她让我对自己此前只关注"以情节或语言表现思想"并追求"明确的、深刻的主题"的片面艺术观进行了审视。原来，表达思想有很多种方式，对于任何一种呈现在舞台上的元素，都不能轻易放过；而评判艺术品的好坏时，也不要再以"深刻"为唯一的标准，"有趣"、"有启发"并不一定会比"深刻"差，它们都是艺术家"自我表现"的体现。而你能看到"多少深刻"，也还要看你自己"有多深刻"。

艺术是多解的，你自己的眼光才最重要。有些作品，本就没有答案，也许那正是艺术家给你提出的一个问题呢？

二十三 拜仁与慕尼黑

"三亚王"，不再是药厂，而是昨夜的拜仁。我相信，拜仁将士们是拼了老命也想在慕尼黑、在自己家门口、在已经做到最好的拜仁球迷面前捧起奖杯的。可是，就是这样绚烂到极致的瞬间，一直在拖延、拖延，最终被切尔西无情绞杀。慕尼黑人胸中积攒的一团火焰，一直在等待、等待，在接近燃点时被生生浇灭。当害怕的事情终于变成现实，慕尼黑一片寂静。就连 2:5 输给多特时，也还有球迷在高唱"FC Bayern München"，这次却连那个气力和心情都没有了。

美丽是今晚的安联，沉默却是午夜的慕尼黑。

其实，拜仁和切尔西，谁最终夺冠，我都欣然。我觉得车子非常有人情味，药厂踢客场时，车子不仅给米夏颁发纪念章，当他被换下场时，全体观众还起立为他鼓掌。这份情分，难以忘记。而拜仁和米夏的关系则是一言难尽，但毕竟是德国球队，而我又如此爱安联，也想看看拜仁夺冠的话全城能 high 到什么程度，所以也隐隐有所期待。带着这样的心情，比赛于我已不是那么重要，相反，还是那些可爱的人们更吸引眼球。

刚开始想的是独自在家看电视转播，结果中午刚过，一帮非洲来的先生们就开始在楼下小院里聚餐了，吵吵嚷嚷甚是嘈杂，在说什么虽然听不懂吧，但其间夹杂着"施魏因施泰格"我就明白了。想着忍一忍还不就散了？看来我还真是天真，都说两个女人等于500只鸭子，我看男人一聊球也好不到哪儿去！不仅没有散去的架势，人还愈发多起来了。此时的气氛，已经得用聒噪来形容，我把声音开到最大说看个视频吧，愣是听不清在说什么。难道竟要闹到晚上？所谓"是非之地不敢久留"，我赶紧抓起相机逃走了。

刚刚下午五点多，地铁就开始显现疲态了。我本来窃喜自己的车是安联反方向，不会太拥挤，突然意识到翔宇家住在奥林线上，那里也竖了大屏幕，而且票早就卖光了，心里便隐隐有了些"不祥"的预感。果不其然，在 Münchner Freiheit 换乘，刚刚踏上人满为患的站台，便立刻被红色潮水淹没了。U6 和 U3 这一对难兄难弟，一个开往球场，一个开往奥林，每来一趟就一堆人蜂拥而上，然后再留一批上不去的继续等待下一趟。我说 MVV 老兄，你就不能多加开几列车吗？这种程度，其实也就相当于北京上下班高峰啊！好不容易挤上奥林线，我脸贴玻璃站着，还在隧道中停了会儿，难道堵车了么……想象着一头老牛拉着一车超载货物慢慢往前蹭的样子，我还是走着过去吧，这就是城市小的好处，不然你在北京给我走走看？想到此，立即下车。而在我下去之后，车纹丝不动地在原地趴着，那情形真像一头无力且在喘息的老牛！不过这倒是给了我从容拍照的机会。

看看车厢里拥挤着的人们满面春风喜笑颜开的样子，真是充满了孩童般的期待。足球真是有魔力和魅力的东西，就算长大后变得世故圆滑了，一场球就足以唤醒我们最真实的心情。还记得上次和 Joyce 去安联拜仁的球迷商店，回来时前面有几个高高大大的男生走得蹦蹦跳跳的，手里拎着个拜仁购物袋，这感觉，就像是刚被奖赏

了一块糖的孩子。真的，快乐就是这么简单。

和翔宇到了奥林，果然已经人声鼎沸了。继斯图加特和勒沃库森之后，第三次看到骑警。连德国人自己都觉得新鲜呢。迎面走来大队人马，不少人都穿着皮裤配队服，是啊，有球赛的日子对于德国人，对于有拜仁的慕尼黑人来说，一定是不亚于啤酒节的大日子！翔宇说，在中国很难看到这样火爆的场面呐，我说什么时候中国队进了世界杯决赛，你看大家肯定闹得比这还欢。他说甭等决赛，能进世界杯就 high 死了。我们不禁哑然失笑。的确，让中国球迷快乐，是很简单的，不过，从某种意义上讲，却又像比登天还难！

当然还有"禁玻璃瓶"令。不得不说，此举非常明智，拜仁赢了还好，万一输了，满地乱砸，倘若再被切尔西球迷一挑衅……啧啧，坐等血案发生啊，索性带都不要带进去。今日安保果然升级了，放眼望去，满眼皆是 POLIZEI（警察）。

在奥林踩点完毕，再奔啤酒节会场。本来听网上说的邪乎，什

么"公开转播""大屏幕""五万人""票卖光""开辟了第二会场特蕾西娅草坪"云云，以为怎么着也得是个有几层楼高的大屏幕吧？结果在沙石满地的空场放眼一望，赫然有一种大家在礼堂一起观看14寸彩电的感觉。

找到屏幕了么？从远处望过去，能看到几个帐篷的尖顶，本以为在帐篷里还有酒有肉有球看，结果找来找去就这么一块屏幕，那些帐篷只是小吃亭而已。你说这位置不正？回答正确！这是蹭看场所。所谓第二会场当然是正对着屏幕的那块区域，用绿布圈起来了，入场费5欧，不过又卖光了。是不是觉得人也不多？这么稀稀疏疏地散坐在各处，也不过如此嘛。这也是我一开始的想法。不管怎样，既然来了就去拜拜女神，她老人家始终如一地俯视着草坪，护佑着这片土地。没想到，就在我登上石阶，转身远望的一刹那，立即被小小地震撼了一把。

原来……原来会场里已经到了这个状态啊！我们这些没机会买到票的人，只能远观了。

会场里紧着得瑟，一会儿《Stern des Südens》，一会儿《Forever Number One》，更逗的在后面：主持人带领大家齐声高喊："Scheisse Chelsea（狗屎切尔西）！Super Bayern（超棒的拜仁）！"在当下这个注重攒人品的年代，不要太高调啊！

球赛终于开始了！刚开始双方队旗出场，说也好笑，切尔西的旗子蓝白蓝白的，特别的拜仁州。我们总算找了个不错的位置蹭看——在能看全屏幕的原则下无限接近，这下想坐着看球的人也坐不住了，全被挡住了嘛，于是纷纷往前移。刚开球时随便站着就行，结果慢慢地慢慢地，不仅要踮脚，还要找块相对高的地方踮脚，更要在无数的脖颈中找缝隙，以便看到球在哪里，工作量激增。其间有一阵骚动，因为屏幕前升起了个高空拍摄车，虽然不大，但偏偏就把球挡了个严严实实！顿时我们这些蹭看的嘘声四起，工作人员识趣的拍完球迷场景就迅速挪开了。这让我想起了上次跟路平在她那儿和一帮德国人看球，正在加时赛的关键时刻，不知谁一激动，把电视天线踹掉了，霎时满屏雪花，大家一下子就炸了锅，那人手忙脚乱地赶紧接好，这才免去被惩处的危险。今次看球，戈麦斯果真还是浪费机会的第一人，感觉只要他一触球，气氛就是个"抛物线"，永远的"嗯——啊——唉"三部曲。

中场休息，我决定动身去安联，本来这就是我今晚一大节目。发短信招人看球时，我就是这样写的："有兴趣出来体验一下慕尼黑的热烈气氛吗？譬如去安联外面看看是不是难得的红蓝相间，譬如啤酒节的超大草坪，挤死人的地铁，以及球迷的众生相等等？"因为我最爱的安联通常为拜仁而红，这次欧冠虽然是在安联踢，但并不算拜仁主场，所以颜色肯定要中立，我很感兴趣它是什么样子，除了红白蓝还能不能亮个其他颜色？带着这样的疑问，我和他们起身告别。没想到U6不给力啊，怎么球赛一开始就不来车了呢？是防止过多人拥向安联？看着"等待时间"在"无——16分——6分——26分——6分"之间来回乱窜，我的小心脏也紧一阵松一阵的。好歹MVV的等车牌表现出善解人意的风度，车到达的时

间不准归不准，比分却还是要滚动播出给大家看的，这事可不能马虎！

就在我为看了无数遍的 0 比 0 感到厌倦时，U6 终于来了。果然很空！人们三三两两地散坐在车厢里，完全想象不到日间连呼吸都快没着落的场景。但一到 Fröttmaning，大家几乎又都下车了，到底是足球啊！在高架桥上已然看到了只属于今晚安联的颜色，还真是中立，我暗笑。连桥都没走完，就听到了拜仁的经典问答："拜仁的进球数是？""Eins"（1）"切尔西的进球数是？""Null"（0）。听着这个短促有力的"0"我瞬时笑出声来，拜仁果然进球了啊！甚至都能想象到球迷齐刷刷地伸出手臂"攥拳作零状"的样子呢（后来才知道，那时已经 83 分钟了，拜仁曾那样接近胜利，结果 5 分钟后被扳平，40 分钟后冰火两重天）。

一路走过去，每走近一点，我就会拍一张，直到走到跟前，照出最完美的安联。

　　白色也就罢了，真的没想到竟然用了天蓝、薰衣草和草绿这种组合！这么清爽，没有一点拜仁的痕迹，甚至其冷色调，还有点切尔西呢！沿途走过，看到有个人静静地坐在草坪上，面朝安联，听着广播，而且开得很大声。是啊，我理解他的心情。安联于我们，都如圣地，纵然在家里也可以看可以听，但那永远比不了置身其中的幸福，哪怕还隔着墙。我相信，如果在家，他是可以看电视转播的，但是，他放弃了画面，宁愿跑到这里坐着听广播，只为感同身受，呼吸与共。每个热忱的人，都能获得这样的奖赏，那一浪高过一浪的欢呼和哀叹，那时不时激动人心的呐喊和潮水般的嘘声，那置身现场才能体验到的气氛，将超越四壁，同样属于我们。不过不得不吐槽，入场费真的太贵了，据说最便宜的票，也要一千欧。但即使如此，有不少心甘情愿的球迷却还未能如愿！

　　"Ticket Please"，即使没有票，能看着如此的安联，也是幸福的了。其间帮几位外国友人照了相。说实话他们比较悲催，都到门口了，相机没电了。这种媲美罗本射失点球的事只能用"Scheisse"来形容了吧。所以我给他们左拍右拍地照了好几张。但比分究竟多少了？看看时间，应该结束了。自我听到"1：0"后尚没有太大动静，可是为什么还不结束？其中一个人说"拜仁正赢着呢"，我"哦"了一声，他立刻问道"你支持切尔西？"，我嘿嘿一笑说"都支持"，他也大笑起来，说"我也是！不过这是秘密"。另一个小伙子说，现在是1：1，正在加时赛，我点点头，觉得这个情报是准确的。不然常规时间早就过了，怎么还看不到球迷动静？

说实话，这个冠军真是难产啊！我切实体会到了难产的痛苦与煎熬。上次对皇马就已经够折磨人了，这次难道又要点球？真被翔宇说中了！像犯人一样望眼欲穿地扒在栏杆上，只不过一个想出去，一个想进去。女保安倒也有人情味，还会跟我们说说比分。就这样等着等着，点球大战终究还是不可避免地到来了。

左边这哥们儿还真是有点紧张，一直呈胃紧缩状站着，里面大声呼喊了，他就也握拳欢呼一下。但连点球都迟迟不完，他也站不住了，开始四处绕圈。我也是此时才意识到，刚才算比分的方法有误，因为无论如何，每踢完一个都是会有欢呼的，踢进了自己欢呼，踢不进对手欢呼，把每一次都算在拜仁头上是错误的。这下乱了，又成了未

知。由此我想到戏剧空间问题。因为这次机会，我体会到了一个没有直观情节的空间。虽然上次说过情节并不是表达思想的唯一途径，但不得不承认，对于看球来说，还是非常重要的，仅通过"音效"，我什么也获知不了，瞧瞧我两眼一抹黑的状态就知道了（强烈建议安联外竖屏幕，至少是个比分牌）。不过，虽然剧情不能把握，但如果我是导演，且想传达给观众一种悬而未决的紧张气氛的话，会选择这样"间接"的表达方式。后来，一个同样隔着栅栏看的切尔西球迷开始电话直播，刚开始还短促地欢呼一下，因为点球还没罚完，比赛还未结束，当德罗巴打进决定胜利的一球后，他"呼"的一下扔掉手机，转着圈地欢蹦乱跳起来，回应他的则是一堆静静伫立的拜仁球迷。

栅栏门在比赛结束的刹那轰然洞开，可惜胜者不是拜仁，完美终究只在梦中。只有刚才欢呼的那两个切尔西如旋风般，顶着如潮水涌出的拜仁穿梭进去。大家泄气地把啤酒泼在地上，再重重地踩那塑料杯两脚，"嘎吱嘎吱"塑料爆破的声音更激起了他们的情绪，索性飞起一脚把杯子踢得好远。输了的拜仁，连走路都变得气势汹汹的，本来虽说德国人人高马大，但绅士风度十足，不仅走路沉稳，就连你撞到他都会先说"Entschuldigung"（对不起），这回倒好，一副横冲直撞的彪悍样子。和着满耳的"嘎吱"声和气势汹汹的人潮，我逆流而上到了观众席。很多人还是不愿离去，静静地坐在那里，或托腮、或抱头、或轻擦眼角、或默默发呆……是如坠梦中？还是不愿醒来？我等着颁奖，不是为了看切尔西加冕，而是为了考证当切尔西举起奖杯时，拜仁会不会鼓掌。大家终究还是极其失望和失落的，虽然有个人站起来，带动性地狠狠拍了几掌，也没有得到任何回应。哎，今晚也看不到红红的安联了。本来想的是，如果拜仁

夺冠，安联会不会掩去立场，为拜仁而红呢？

颁奖过后，大家默默地离场，不再气势汹汹，只剩下安静的行走。不比2：5惨败，这次输在了距离奖杯只有一毫米的地方，还是在占尽天时地利人和的条件下。远道而来的英超切尔西，在德国慕尼黑安联球场，以德国人本该擅长的点球方式，从拜仁慕尼黑手里拿走了冠军。这真是噩梦般的时刻，也是最残酷的方式。还是佩服德国人的素质，没有大吼大叫，没有大打出手，就连切尔西球迷的欢蹦乱跳都没使他们动一动，也许是真的伤透心了吧。整整一百二十分钟的鏖战加惊心动魄的点球，然后输掉，当心被瞬间掏空，大家连喊"FC Bayern München"的力气都没有了。

　　一片寂静。

　　这，也许是慕尼黑最脆弱的时光。

　　一个身着拜仁队服的小伙子在地铁上接电话，对方问"你还好吧？"，他轻轻地笑了一声说"没事没事"，却一个劲儿地望着天

花板。

本来赛前玩笑，说拜仁输了的话，也是"三亚王"了，还敢再嘲笑药厂，嘲笑米夏不？当现实降临，再也没有心情打趣他们了。不过，虽然"三亚"，我还是相信，拜仁还是拜仁，不会被人拿"三亚"说事。因为对药厂来说，"三亚"是他们的辉煌，辉煌中有一点灰色幽默的味道；但对于拜仁，那只是常胜中的一次失利。无论如何，"南部之星"还要载着失利继续走下去。

输了，霸气也绝不能丢！

补记：不愧是慕尼黑，连天气都体贴着大家的心情，本来早晨还挺晴朗，后来太阳便识趣地走开了，阴沉了一天。唉，大伙真是伤得不轻，情绪直到周一还没缓过来，地铁里相当安静，坐着的人明显增多，而且不是低着头，就是脑袋靠在玻璃上，一副半死不活的样子。也难怪，连我一想到都无比苦涩，何况他们呢！

不过我倒是从那夜开始，爱上了拜仁。因为从这些球迷身上，我看到了一个愈发美丽的慕尼黑，一个城市能为之黯然神伤的球队，也在某种程度上，承载了这个城市的灵魂，是她活的体现。

再补记：一年之后，拜仁知耻后勇，勇夺欧冠、德甲、德国杯冠军，成为"三冠王"。

二十四 维也纳"奇遇"

　　早就答应过 Sarah，趁她在维也纳这半年去拜访一次。说起 Sarah，我们的相遇还是被制造出来的呢。研一时，学了 400 学时德语的我心血来潮想找一位德国语伴，便人生第一次做了个征友广告，而且为了显眼，特地买了一盒油画棒，用黑红黄三色涂了个德国国旗，认为德国人对此一定会非常敏感的。果然，有一天突然接到一个陌生来电，我当时正赖在床上，一听对方问："你是 Jingzhi 吗？"便立刻从床上弹了起来，这就是后来的 Sarah。当时就觉得这女孩汉语讲得真好，四音标准且非常流利。此后就是见面、相识，第一顿饭是在农大东区的饺子馆吃的，也是我平生第一次接触素食者。

　　Sarah 人很好，虽然我已有 400 学时的德语基础，但口语仍然结结巴巴，比蹦单词强不到哪儿去，她便极有耐心地引导我去讲。不过鉴于水平实在有限，我们还是讲汉语的时间居多。那时我在申请上海世博会德国馆志愿者，她还帮我仔细修改了 Motivation。Sarah 的一大爱好是看 F1，后来还为此特意跑去上海。几个月后，她在中国的实习结束，返回德国毕业，虽然联系很少了，却总还能知道对方的动向。我来德国做交换生，也告诉了她，于是在慕尼黑见了面；去年 7 月，她又经过北京，邀我出来喝下午茶，并告诉我正在波兰读研，要去南非实习半年。如今我又一次在慕尼黑安家，并得知了她的近况。Sarah 已从南非回来，但这次将在维也纳驻扎半年，并邀请我在此期间去一次，所以才有了这次维也纳访友之旅。这个女孩，真的像风一样，中国、波兰、南非、奥地利……在不停地体验着不同的世界！

就这样，我踏上了维也纳的旅程。听无数人说过维也纳的好，一个个都爱得不得了的样子，这次总算要亲见了。于 11 点 44 分正点到达维也纳西站，没想到接连发生了三件讨人嫌的事。先是找错了旅馆方向；然后又发现如果想用 48 小时的市内车票，还要硬生生等上三个小时；最后一件更是乌龙。找到青旅后，我去储藏柜寄存行李，刚把钱和学生证拿出来，就听见"嘶溜"一声，当时也没在意就继续收拾，结果拿起小包要走人了，发现钱还在，学生证却没了。我立刻回想起刚才那个奇妙的声音，仔细一看，发现储藏柜之间不是"各自独立一体式"，而是"四壁共用中设隔板式"，也就是说，我的学生证从"墙"缝中掉到下面那个柜子里去了。马上一看下家，锁着，唉！早就有人吐槽过 LMU 的学生证，一片那么不起眼的小绿纸，怎么看都不像是真的。如今更是副作用显现，是个缝就能掉下去！怎么办？当然不能就这么算了！我决定给"楼下"留个条。用英语还是德语？鉴于青旅作为旅馆的意义，我决定用世界通用的语言：

"Hallo ！ Sorry to disturb you ！

But perhaps you will find a piece of green paper which is my studentcard（Studentenausweis）in your Locker. Because when I put my bag in the Locker upon yours, this card through the little gap dropped into yours. So when you have found it, would you please put it into my Locker（113）or send to reception desk?

Thank you very much！！！ Best Wishes！

Jingzhi Fang. 24.05.2012"

此段几乎是洋洋洒洒一气呵成，还好我的英语尚未烂到连自己的要求都无法表达的地步。但语法错误肯定不少，不仅如此，还能看到德语在"处处闪光"，一上来就是个 Hallo，然后 Locker 不可抑制地想要大写 L（德语名词的首字母要大写），以及"学生证"那个复合词。随后小心翼翼地将留言塞进了楼下的柜子，果然处处都是缝隙啊，塞得毫不费力不说，甚至我都能扒着缝看看学生证在不在里面。嗯，该做的都做了，我就敬候佳音吧。存好背包，挎起小包，我"乔装打扮"把自己本地化后，便转身出了青旅。事实证明，黑色 LMU 校园衫配红格子衬衫，加上黑牛仔裤和匡威还是非常"不游客"且"本地学生"感觉的，这在第二天我晃到维也纳大学参观时表现得最为明显，明明手里拿着地图，还两次被人问"是否想找暑假工作"。

对维也纳的第一印象其实一般，去"Wiener Linie"服务部问路时，竟然被教训了。之前那位工作人员很和善，不仅给我打印出怎样去"百水村"和"中央陵园"的详细线路，还奉上两份地铁图。但实在有点无厘头，我说"太多了，一份就够了"，他竟然说"没事，反正是免费的"。呢？！可惜他对维也纳的景点也不太熟，我不知道的几个他也回答不上来，遂推荐我去问他的同事。就是此君，没有笑模样不说，还教训我"至少得让我看一眼怎么写啊"。其实我已经拿着本子给他指了半天了，估计是岁数大了眼花，一直就没看清楚。我推到他鼻子下面，结果人家理直气壮地冒出一句"I don't know！"得，我还是自己找饭吃去吧，甭跟您废话了。

自从上次在汉堡独自下馆子后，便觉得一个人吃饭着实不错，这次准备尝尝地道的维也纳烤肋排（Spareribs）。在去的路上，遇到这样一个奇怪的现象：在一个十字路口，向左一看，唔，这条路是 Hütteldorfer 街 15 号，再向右一看，咦？真巧！这条街还是 15 号！走到下个十字路口再分别一看，呃……怎么两条街又都是 15 号啊……维也纳的道路还真是精于计算呢！总是能在十字路口处恰好排到 15 号；不得不说，其实挺人性化的，这样找门牌号时就方便多了嘛！我如是想。结果好像并不是这样，因为我在牌后面的建筑上明明看见了 38 号。后来问了 Sarah，她告诉我这是"区划编号"，原来如此！

走进 Bieriger 时已近下午两点，放眼望去全是空桌，只有两个人坐在角落里聊天。我晃悠晃悠地走过去，其中一个站起来问道"我能为您做点什么？"原来是服务生。我回答"就我一个"，还被开了个玩笑"可惜我们这里没有一个座位的餐桌"。刚开始没反应过来，还以为两人以下不供应呢，刚刚感到惋惜，他便一笑说道："请您跟我来吧。"嗨，原来是虚惊一场。我对于吃什么是心中有数的，但还是决定问一句"有什么维也纳的特产呀？"，老兄说"Schnitzel"最著名，但本该是小牛肉的，可惜这里只有猪肉和鸡肉。接着他又推荐了"烤肋排"——正是我此行的目的，于是顺水推舟点了它。

早就从攻略上得知这道菜菜量着实不小，但一上来还是吓了一跳。

　　像小山一样的三板排骨墩在我面前，还"恶狠狠"地插着一把刀，简直就像回到了大口喝酒大块吃肉的水浒时代，抓起一大条，勇敢地啃下去吧！1欧元在它面前显得那样渺小，倘若精致的江浙人面对此情此景，又会作何感想呢？我似乎有点理解那些素食主义者了，看着这样的食品，很难不让人对动物产生同情。奥地利人，至少是维也纳人，对待饮食还是太粗犷了一点。后来侍者更证明了这一点。看到我正在刀叉并用，他告诉我"本地人吃这道菜时，都是用手拿着吃的，不用叉子，这就是为什么准备柠檬纸巾的原因"。我心想那真成了茹毛饮血了，点点头说"不过我还是更喜欢用筷子或叉子，连吃鸡翅我都用筷子呢！"他又问："您从哪儿来？"我说"北京"，他了然地一笑，说："接待过很多亚洲客人，他们也都喜欢用叉子或筷子，从来不用手拿着吃，这可能就是文化差异吧。"我还想说的是，在我们眼里，西餐总是给人留下优雅的印象，刀叉是必不可少的，所以即便吃这样粗犷的菜肴，也会因为是西餐而用刀叉。看来西餐也并不总是阳春白雪。感叹归感叹，烤肋排的味道还是相当好的，甚至还有一种我特爱的新奥尔良甜辣味道，鸡尾酒（似千岛酱）、大蒜和鞑靼三种酱汁也够给力。

　　加满了油，48 小时的车票也终于熬到可以用了，我告别了侍者，开始旅行。第一站就直奔百水村。想当初在网上看到百水村的照片，就被那绚丽的色彩、旁逸斜出的线条和流淌的理念深深感动，遂定为必去之地。刚到"村"外，便看到旁边的铁门上有"百水村"的简介："这是世界上第一个同时关注在我们这个时代生活的人们以及自然，并谋求他们之间和谐共生的建筑群。它由艺术家 Friedensreich Hundertwasser 和建筑师 Josef Krawina 在 1983 年至 1986 年间建造，并开启了其后在奥地利和其他国家建造'百水艺术建筑'之先河。如今此处已经成为全世界数以万计的人们追寻自我与自然协调一致的生活，并将这种新希望带回家乡的灵感之源。""人与自然"的关系，自古就是中国先贤思考的哲学命题，也是现代人越来越关注的生存问题，在艺术家和建筑师那里又是如何表现的呢？一进"村"，就从地面和喷泉池上体会到了一种自由生长的气息。地面不是平的，

而是被微微拱起的形态，砖样图形更加剧了拱起的不规则感；而喷泉池并非垒出的圆形、长方形、多边形，而是由方砖模拟成水满溢出的样子，仿佛地下和水池本身都有了想要涌出的生命力。

而"自如地旁逸斜出"也成了整个百水村的设计理念，没有直线、没有规则，不是根据一条标准去裁剪东西，而是最大限度地遵从它们各自的形态，以发挥特性，譬如台阶，既然会在经年累月后被人踩得微微下陷，那么便索性修成弯弯的。

也许这样的理念表现在"人与自然"中，代表了彼此尊重吧。而色彩的绚丽则是百水村第二个特点。想当初我之所以会被"百水村"吸引，便因为这十分惊艳的第一眼啊！

说到喜欢的建筑，莫过于上海的马勒别墅。不仅因为它美丽的传说——一位父亲按照女儿梦中所见的样式建造出的童话般的住宅；更是因为它的确恍如梦幻。那样的别墅，通常只出现在过家家中、或对中世纪西洋古堡的回忆里，一旦赫然呈现在眼前，就会产生强烈的不真实感。"百水村"也如童话，但又是另一种风格。如果说马勒别墅是女孩心中浪漫的梦想，那"百水村"就是孩子快乐的

源泉，充满自由气息的绮丽世界。就好像《格林童话》中那对姐弟看到了用糖果做的屋子一般，令人止不住幸福的笑。

这既是形状的力量，也是色彩的力量。对我这种抱着一盒彩色铅笔就很开心的人来说，"百水村"无疑是个美妙的地方。不过，除了建筑之外，其他的就乏善可陈了。它其实有点像北京的"798"和"南锣鼓巷"，做艺术纪念品生意。不同的是，国内艺术村更倾向于创意商品，而"百水村"的独特之处在于其建筑理念，这个空间才是整个村子最有价值的地方。买明信片时才知道，百水先生设计的房子在很多地方还有，譬如 Blumau 的 Thermendorf，大阪的 Maishima Incineration Plant，Heddernheim 的 Kindertagesstätte，Altenrhein 的 Markthalle，Uelzen 的 Umweltbahnhof，Essen 的 Ronald McDonald Haus，Bärnbach 的 St.Barbara Kirche，Spittelau 的 Fernwärme，Fischau 的 Raststätte Bad，Darmstadt 的 Waldspirale，以及 Wien 的 Kunsthaus 等。原来不止在奥地利，竟然还包含了许多德国城市呢。以后也许可以设计一次"百水先生之旅"。艺术就是这样神奇的东西，纵然先生已然长眠地下，他的思想却以美的形式凝固在了人间，供后人享用与铭记，并不断带给他人新的灵感。

建筑是这样，音乐也是这样。随后去中央陵园拜谒众多音乐家之墓，施特劳斯家族、贝多芬、莫扎特、勃拉姆斯、舒伯特等。忽然觉得作曲家与指挥、演奏者的关系，就像戏剧中的剧作家、导演和演员。虽说对舞台阐释的关注，已经足以作为一门学科而存在，但归根到底，能够享有流芳百世之荣耀的，似乎还是作曲家或剧作家。也许，一方面是因为那些宛如天籁的声响可以以音符的方式被永久保留，正如戏剧通过剧本；而演出或演奏通常是短暂而充满变数的，即使不断上演，也不能保证相同的质量；即使有录像的技术，也不能达到现场的效果；纵然有一版绝佳的作品，随着瞬息万变的更新换代，也会迅速的、在尚未传播开来时，被时间湮灭。所以，人们还是愿意将"传世经典"颁发给稳固的客体，绘画、雕塑也是如此。另一方面，也许还有文字崇拜吧。文字作为人类发明的最有灵性的事物，在历史长河中承载着每一代人的思想精华，直到今天。想想看，同样是富有思想的导演，一个将自己的导表演思路以文字的方式记录下来，甚至还出版理论文集，而另一个不曾写任何东西，只是将思想存留于演出录像中，恐怕前者更有可能被世人认同为大师吧。

在维也纳城中，随处可见的纪念雕塑，往往是作曲家或剧作家，而一位维也纳人民剧院的演员，则用一棵小树来铭记。

不得不承认，维也纳是一座艺术之都，中央陵园已经显示了她的音乐厚度，而移步换景作为城市建筑的写照真是再合适不过了。作为奥匈帝国的首都，建筑敦实又大气，不只在皇宫区，随意站在哪个街角放眼一望，便满眼皆是两翼舒展的柱式典范。从墙根走过，看着巨型石砖一层层垒将上去，一种古老而磅礴的感觉便油然而生。

本来生活在慕尼黑，每天走在通向皇宫的宽广大道上，左有 Stabi，右有 LMU，前有统帅堂，后有胜利门，各式建筑和雕塑俯拾即是，已经颇有霸气，怎料相比帝都，还是略显乡下了一些，到底只是个巴伐利亚王国啊。

在维也纳，吸引人的建筑仿佛永远也看不完。你刚刚看完 A，便会觉得隐藏在后面的 B 看起来也不错，等走到了 B，又会发现远处的 C 似乎更有历史，而在你走向 C 的途中，说不定又被转角 D 的风格吸引。不仅古建筑的密度大，富有现代感的建筑也很艺术，虽然也有长相怪异的，但没有违和感，只会觉得挺有创意，不像在汉堡看到的，令我一阵阵头皮发麻。其实，"新旧并存"，便是维也纳的特点。说时髦点叫混搭，说文艺点叫处在新旧世纪的交接点上。这座城市还保留着马车，虽然通常用于城市观光，但也是交通的重要组成。所以，当你看到马路中央同时跑着马车、有轨电车和高级轿车，并途经皇宫区，还能望见不远处的现代建筑时，便会觉得连时间都丧失了说服力。

同样，"穿越"——似乎也是维也纳人热衷的游戏。作为音乐之都，音乐会是必不可少的风景，但令我没想到的是，这里的卖票方式竟然是拉客。在 K.K. Hof-Burgtheater（奥匈帝国宫廷剧院——两个 K 一个代表奥地利帝国一个代表匈牙利帝国）前驻足仰望高悬在外墙上的雕像和名字时，突然发现一个个都是如此璀璨的巨

星——正中是歌德、席勒、莱辛，左面是卡尔德隆、莎士比亚、莫里哀，右面名气稍逊：Friedrich Hebbel、Franz Grillparzer、Friedrich Halm（后两位是奥地利本国剧作家），正瞻仰得我荡气回肠，狂拍不止，突然旁边传来一声："听音乐会么？现在最便宜的是 25 欧。"我回头去看，霎时大跌眼镜，这位仁兄穿成一副莫扎特的样子，手里拿着一本像菜谱一样的音乐会目录正等着我回答。我本来确实是想听音乐会的，可您这样一副形迹可疑的样子，顿时让我对音乐会的真实性产生了怀疑，不是说站票 5 欧就行么？我问："学生票最便宜的是多少钱？""都一样，25 欧。""莫扎特"老兄，白白了您呐！后来才发现我真是没见过世面，走到国家歌剧院门口，又见到一帮"莫扎特"，在拉着路人起劲地介绍音乐会。更令我惊讶的是不仅有人听，还有人主动去问，好像大家平时就是这样买票似的。这应该

不是黄牛吧？不然你什么时候见过黄牛如此明目张胆地拉客，还入戏般地穿成"莫扎特"呢？这难道是官方行为？而且还不是在私人剧院门前，偏偏是两个国立剧院。其实来到维也纳，哪个不想接受一下音乐之都的洗礼？即使你不做广告，人们都会趋之若鹜，而这样一搞，就好像音乐是维也纳的残次品一样，真是令人费解！

不过，提到艺术就不能忽略绘画。刚到维也纳就被 Klimt 包围了，去百水村时，映入眼帘的纪念品几乎全是他那幅《吻》，印在包、本子、雨伞上，周边之多堪比动漫。在城中漫步时，又到处贴满了关于他的展览海报。刚记住在美景宫有画展，一转头怎么又跑到了 ALBERTINA，刚向前走两步到了艺术史博物馆，怎么又是 Gustav Klimt 的名字？一通下来，我是被彻底搞晕了。Klimt 这个名字如雪片一般散落在城市的各个角落，本来一位艺术家能有一个个展就相当了不起了，他竟然能全面占领维也纳？！后来也向 Sarah 请教了这个问题，便立刻恍然大悟起来，原来，Klimt 是维也纳人。好吧，从这点来看，维也纳人的艺术自豪感真不是一般得强呢！

转而到文学领域，据说维也纳的咖啡馆文化同样是传统之一。一块 Sachertorte，一杯充满泡沫的 Melange，就足以使你在寒冬腊月里，窝在咖啡馆温暖的壁炉边度过一天的闲散时光。虽然是个公共场所，但每个人都能在这一方天地里保有自己的空间，抬起头时你是世界的观察者，低下头时，你自己就是世界。所以咖啡馆出作家，也出作曲家，远的有 "Wenn der Altenberg nicht im Kaffeehaus ist，ist er am Weg dorthin.（如果 Altenberg 不在咖啡馆，就在去往咖啡馆的路上）"的奥地利诗人兼散文作家 Peter Altenberg，也有莫扎特、贝多芬，近的要数"哈利·波特之母"J.K. 罗琳了吧。我没有喝咖啡的习惯，但唯独喜欢咖啡馆这种与世界若即若离、无人打扰的感觉，就像上次在汉堡的星巴克体验到的那样。

　　作为曾经的文豪、音乐家、名人政要频频光顾的圣地，维也纳中央咖啡馆无疑成为人们争相前往的场所，似乎在这儿坐上一坐，就能使自己的文艺修养上升好几个百分点。时至今日，在中央咖啡馆度过了自己大部分生命的 Altenberg 先生的塑像，还静静地坐在入口处，欢迎着每位来客。面对此情此景，我也"识趣"地拿出买好的明信片，开始给妈妈写信，也许在这样的氛围中，真的会思如泉涌？不过至少我敢肯定，比任何一次写得都长呢！一提起"中央咖啡馆"，就让我联想起"中央车站"以及高高的穹顶，果然，除了映入眼帘的奥匈帝国皇帝弗朗茨·约瑟夫和他美丽的皇后茜茜的画像彰显了高贵的氛围外，穹顶也衬托出十足的"中央感"。

　　据说右边这杯 Melange 所配银盘、小勺、杯水和巧克力，是奥地利人自 1860 年来致力于维护的传统。可惜侍者周身的氛围还是令人遗憾，其实并没有高高在上的傲慢，相反还十分周到有礼，脸上也总是浮现着微笑，但就是这种过于体面的上流社会的感觉，令人

无法真正放松，倒不如直接把你的名字写在塑料杯上，做好后自己端走找地儿的星巴克。值得一提的是，中央咖啡馆的地理位置相当不错，处于三岔路口的街角，最适合观赏街景，尤其是一架马车徐徐驶过你面前时，就不要大意地一同穿越吧。

当建筑、音乐、绘画、文学齐聚一堂，维也纳历史、文化、艺术的厚度便被表达得淋漓尽致，而在穿行城市时不经意发现的风景，又会使这种气息更为浓郁。如果在北京，也许是某个掩映于竹林后的名人故居；在慕尼黑，则是上下学必经之路的厚重砖墙上，挂着一块"1837 年茜茜公主诞生于此"的铭牌；而在维也纳，则是城中小路的一扇门上，写着"1781 年莫扎特于此间居住并创作了 Die Entführung aus dem Serail（后宫诱逃）"。

当然，来到维也纳就不得不提茜茜公主。在这世上喜欢茜茜公主的人不计其数，每年数以百万计的游客前来参观，这从"茜茜联票"上就能略知一二，包括了霍夫堡宫茜茜博物馆、美泉宫和皇家家具博物馆三处。虽然住在茜茜诞生并长大的慕尼黑，虽然家族树上写的都是 Elisabeth in Bayern（巴伐利亚王国的伊丽莎白公主），但对于茜茜其人，我的印象却只停留在电影里。那是一个热爱自然、热爱自由、善良纯真、充满童话般幻想和诗情的不愿被束缚的女子。

据博物馆介绍，茜茜公主在世时，虽然是位公认的美人，但也并非那样受欢迎。不履行皇后义务是一方面，另一方面是压根就见不到面。因此，与其说是美丽成就了她，不如说是凄美的结局。在她遇刺后，对宫廷生活的反抗才被视为勇敢与追寻自我，而非自私和冷漠。当世人以这样突如其来的方式告别了鲜活的美貌，怀念便成为了传奇的根基。博物馆对茜茜公主的态度相当中肯，没有给她过多的溢美之词，相反，倒是对弗朗茨·约瑟夫皇帝赞颂有加。在其描述中，这位皇帝勤奋、敬业、富有责任感，生命中的大部分时光都在办公桌前度过，每天5点就起床办公，不断接见各种客人，上至皇亲国戚，下至平民百姓；而且生活节俭、厌恶华丽；更可贵的是他对茜茜、对家人始终不渝的爱。当茜茜遇刺的消息传来后，他和侍卫说了这样一句话："您不知道，我有多么爱这个女人！"

在美泉宫的讲解中还有一段对比，在皇帝的房间里，摆放的是茜茜和孩子们的照片，而在皇后茜茜的房间里，则是她在巴伐利亚的父母与兄弟姐妹，以及德国诗人海涅的肖像。其实相比茜茜，皇帝一生承受了更多命运的打击，他的弟弟在出任墨西哥国王后，被叛乱者枪杀；他和茜茜的大女儿苏菲，在两岁时夭折；他们唯一的儿子鲁道夫，30岁时在自己的宫殿和情人饮弹自尽；而最爱的女人茜茜则在他68岁时被刺身亡……而他被盖棺论定的结局，到头来只是一位"使奥匈帝国瓦解的悲剧皇帝"而已。说回茜茜，这位皇后以"一尺七"的纤腰和如云的及地长发名冠天下，同时也非常注意自己的身材，1米72的身高和45公斤的体重竟然还要经常节食。除此之外还热爱运动，除骑马外，还在皇宫中单辟出一间体操室，内设平衡木和单杠。那套名为"星空"的礼服与星状头饰真是绝美，而后期只穿黑衣的她，眉宇间有着掩饰不住的忧郁与痛苦。

有中文解说的皇家银器馆其实很有意思。有只用来盛放产自莱茵河地区葡萄酒的绿色酒杯，有提琴弦状拉丝刀把儿，有矫情到死火树银花的繁复烛台，谁让在那个时代赠送餐具也是用来拉近两国关系搞政治的手段之一呢？

最有趣的要数皇家餐巾。这样折叠的餐巾，只有在皇帝出席的宴会上，才能被摆上桌面，现在则被沿用到奥地利国宴中。特意折出几个空间，放精美的小点心，你别看就这么几个洞，可是不传之秘，全世界知道的，永远不超过两个人。另一个有趣的是洗脚日，皇帝皇后每年都有那么一天，要为公众洗脚。当然不是全部，而是被选出来的几十位下层贫苦人民。日子一到，大家沐浴更衣消毒整理后，便来到王宫，接受皇帝皇后的洗脚服务，之后还能得到纪念杯和钱财。据说这个做法取自于基督教"耶稣给犹大洗脚"的典故。可是，我有点疑惑，那不就代表，这些平民都是犹大，是忘恩负义的叛徒吗？或者只把想象截止在洗脚和救赎层面就好？说到底还是

皇室自我标榜的趣味。

在美泉宫参观时，也有一件有趣的作品。那是一幅举行婚礼的油画，据说是画家根据当时场景真实再现的，不仅可以感受到高朋满座济济一堂的热烈场面，甚至每个人都是有真人对应的。你看，还有小莫扎特呢。但是，这位小神童，恰恰是画家的臆想。因为，在婚礼举行时，莫扎特才4岁，还随着父亲在萨尔斯堡。但在画家画到一半时，他出名了，成为维也纳乃至全奥地利皆知的音乐天才，并以无数动人的乐曲名满天下。于是，这位画家索性也将莫扎特画了进去。可见，一个有才能的人，是有改变事实的能力的，不仅如此，别人还会以他的加入为荣。

参观那天还碰到一件更巧的事。买门票时，我拿出学生证片片，说买一张学生票，售票女孩接过去，仔细端详起来，我心说"看得还真仔细！难道说我的学生证是德文，她看不懂？不对呀，这可是在维也纳……"正疑惑着，只见她笑着抬起头来，问道："你是主修戏剧学辅修汉学？我也是！"我刚要表示惊喜，她接着说："我在维也纳大学读博，你认不认识 Gissenwehrer 教授，他是我导师。"这世界真是太小了！早就听说老师还在维也纳大学带博士生，每周都要往返于慕尼黑与维也纳之间，没想到在茫茫人海中竟然就遇到了一个！我顿时拍着售票台大叫："啊！！！他也是我导师！！！"那女孩仿佛料到了一般，频频点头，又说："我还跟他组织的 Exkursion 一道去过北京。"那么，她应该连安娜都认识，因为那次活动是老师和安娜一道组织的！没想到，真是没想到！我已经被这个莫大的巧合惊喜得只会哈哈大笑了。后来我俩才意识到正在买票和卖票，也许后面排队等候的人正莫名其妙前面到底发生了什么呢，半天买不完一张。最后，我和她欢乐地告别，她也用中文向我"再见"，有这么

一种感觉，我们真的能再见呢！

具体到霍夫堡宫和美泉宫本身，其实倒并不是那样有趣，一些房屋的装潢确实华美，但也就仅此而已，尤其是美泉宫。一直就对土黄色外观不感冒，再加上那天游客极多，每个房间都被挤得满满当当的，只见人不见物，遂好感骤降。不过震撼的是，美泉宫后花园的植物堪创整齐之最了，生长的简直就像一面墙一样。

也许是为了组成某个迷宫样式的图形？和旁逸斜出、最是崇尚自然的百水村相比，这里简直走向了另一个极端，连树都得修剪得如此整齐，也难怪茜茜想要出逃了。美泉宫有座后山，从山上可以俯瞰维也纳全城，还是颇为壮丽的。所幸的是，无论王朝还是皇都，如今均已不复存在，取代了那些高贵与规范的，则是一个全民共享的维也纳。譬如这座后山，是很多人的晨练之所，不要门票，可随便进出；不仅如此，席地而坐，一边观景一边野餐，也是很多人的选择。在教堂前的草坪上，放眼望去全是懒洋洋地躺着享受日光浴的人们。在古老的维也纳大学里，还在室外特意为学生准备了躺椅。而市政厅前，则正被 Kirtag（教堂落成典礼纪念日年市）的喜庆气氛笼罩，到处是花车与啤酒、游艺项目与美食。

那些印象中需要以高高在上的方式显示尊严的建筑，譬如教堂、行宫、政府部门、纪念碑与大学，在维也纳却显得无比随和。可以说，维也纳的"混搭"不仅体现在新与旧，还体现在上与下。在这样的生活环境中，人们似乎也都悠闲得不得了。

另外还看到了一座美得令人惊叹的教堂。这个美，不同于 Theatinerkirche 通体为纯白精雕的精致与圣洁，也不同于科隆大教堂的纯色全彩绘玻璃，而在于色彩与光影的完美结合。甫一进入，便被震惊了。人们如争睹天文奇迹般，惊艳于上帝创造的光华。

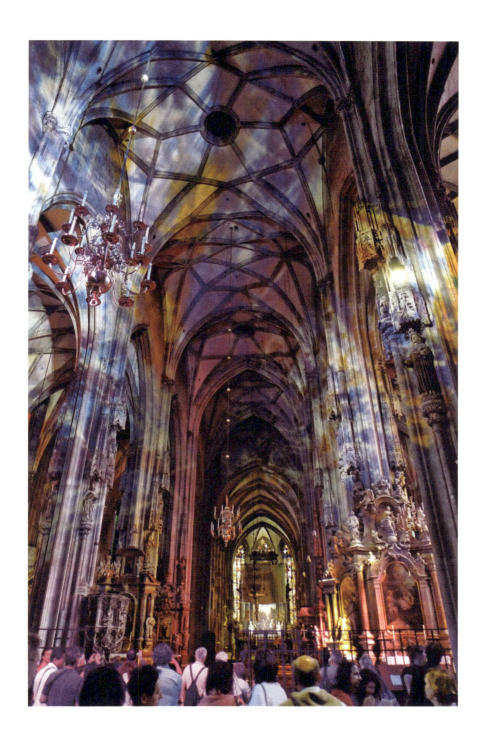

不得不赞叹这是一件将自然与建筑完美融合的艺术品，只用几块纯色玻璃，就能让一个晴朗的日子变得如此绚烂，并让每一个人都享受到他的照耀，真是无私而又美妙。

在维也纳的三天，初步体验了一个充满历史、文化与艺术底蕴的帝都，并对她的混搭风印象深刻，不仅如此，还与朋友见了面，偶遇了我的同门。但是，要说我多么喜欢维也纳，好像也没有。也许，是先前听人赞叹得太多，使我对她的美丽有了预判，固然足够美丽，也并不是那样惊喜了。惊喜，有时是喜欢的重要基础。或许以后不该做攻略？而且，当一个城市的艺术密度太大时，也就会产生审美疲劳了，就像我对城里的建筑印象不深，反而能细述百水村的风格。

当然，和 Sarah 见面还是非常开心的，同来的还有她在巴塞尔读博的男友和同在维也纳上学的表弟。可惜我还是不擅长记名字，至今也不知道他俩叫啥。男友相当健谈而随和，经常性的"呵呵呵"让人听了就想笑。表弟来得稍晚一些，看到有个亚洲面孔在座，就开始往外冒英语，随后 Sarah 微笑地告诉他可以讲德语。通过这一晚上的聊天，我终于知道何为文化差异了。三个德国人坐在一起，开始我还能时不时插两句，因为讨论的是个人问题，譬如在哪儿上学、将来打算做什么等等，我不仅能说不少，还颇觉得自己德语不错。没想到，随着话题的转移和深入，我顿时原形毕露。一会儿政治，譬如前总统的房贷丑闻；一会儿党派，CDU 和 SPD 齐飞；一会儿经济，希腊到底会不会退出欧元区；一会儿文化，某个电影明星；一会儿体育，还好是足球。我大部分都听得两眼一抹黑，只能在他们侃得热火朝天并好像在对我说时报以不断的微笑。真的，如果想要真正融入德国社会，这些问题无论你感兴趣与否，都是必须了解且不能回避的。

Sarah 很国际，从她天南海北的游学履历中就能看出，带她的亲朋和我见面也是毫不见外。虽说一聊开了，我就全然招架不住，但他们三个德国人还是非常愿意带着我玩的，估计是我可能听不懂的话题，就先灌输一段背景知识再说。包括那个 K.K. 的含义，也是表弟讲给我的。我们当晚见完面，第二天还在美泉宫的后山上野餐了一顿。Sarah 聊起过去，聊起我说"喜欢德国，想来德国"的日子，还是倍觉感慨；想当初我们见面几乎全程中文，现在能够全程德文，自己还是有进步的。更神奇的是，茫茫人海中的两个人，仅凭一纸"征友广告"走到了一起，竟发现彼此的生日离得如此之近，而她的家乡 Esslingen 就在我喜欢的斯图加特旁边，当真缘分不浅，更开心的是，这份友情还延续至今。我问她："你下一步准备住在哪个城市定了吗？"她说："或许是巴塞尔吧。"

　　同样，萍水相逢也是充满欢乐。还记得那张掉到别人柜子里的学生证吗？当晚，我怀着期待的心情打开了自己的柜子，一张浅绿色的纸片遂映入眼帘，对方还将留言条一并还了回来，不同的是上面多了一行字"Hi, I did."和一个笑脸。

165

最后，第一次以 Mitfahren（拼车）的形式回程，没想到感觉非常好。之前一直没有尝试的原因，一是怕不安全，都是陌生人，也不知道司机车技怎样；二是觉得联系起来太麻烦，不如火车来的方便。这次终于有感于两者的巨大差价，在向 Sarah 反复确认后决定一试。不过此行过后，Mitfahren 恐怕要一跃成为我的第一选择了。因为大家都是萍水相逢，所以你不想聊天的话，是不会被打扰的，譬如我戴上耳机听了一路。欧洲的风景也美，一会儿俯瞰成片的村庄，一会儿经过波光粼粼的 Chiemsee，视觉上颇为享受。再加上与火车速度相当，司机和路况也都像德铁一样属于德国标准，如果顺路甚至还负责把你送到家门口，真是何乐而不为呢？这样一趟下来，价格只有德铁的三分之一，难怪 Sonja 和 Sarah 从来都是 Mitfahren 来回呢。路过德奥边境，再一次看到巴伐利亚的蓝白旗和欧盟旗飘扬，还来不及细想怎么没有德国国旗，一种到家了的安全感便油然而生："拜仁，我回来了！"

二十五 Deutschland Saga（德意志传说）

《Deutschland-Saga》是德国一部很受欢迎的六集纪录片，探讨了到底什么才是德国人，什么才是德国精神，什么才是典型的德国特征。片中总结了几大特点，譬如对森林与自然的热爱（这延伸到日常生活层面，便是花园在家庭中的重要地位），对秩序的渴望（大到交通时间的精确，小到各种分门别类的文件夹），狂欢的重要（啤酒节、狂欢节、足球）等等。

而我感受到的德国性格，还应该包括对科学的崇尚。我觉得，德国人恐怕不太能理解"只可意会，不可言传"这样的事，他们认为一切事物都会有个合理（即科学）的解释。穷极一生，坚信真理，寻找真理，并期待利用这个真理把事情掌控（kontrollieren）在自己手中，就是德国人的终极命

题，或许这也是德国哲学发达的一个原因吧。

譬如勒夫的德国队，将一切数据化，极尽全面、细致、严谨之能事，然后便以为事情尽在掌控之中。所以，被瑞典扳平，会有那么多人说"这不科学"。一味强调战术，掌控比赛，却唯独忽略了队员也是人，领先了会放松，落后了会慌张，眼看要被追上了，会无比惊恐，这才导致了一场史无前例的大翻盘。记得有人说过，德国队唯一的敌人，是"小概率事件"。此所谓"小概率事件"，我更愿意将之理解为"人的感情"。"理性"使人类更进一步，但"感性"才是人类之所以为人的基础，不然就只是"机器人"。既然是人，就会有思维盲点，因为他的理性或多或少都建立在自己的感性之上。所以，相比理性，我倒认为感性更重要。换句话说，在学会理性运用人的智慧前，至少应当先学会理性地掌控人的感情。

再说回科学，这也体现在德国人对分类的崇尚。看看商场里琳琅满目的厨具吧，针对各种加工方式，制作出了最合适的工具。不同型号的压泥器，蒜泥、土豆泥、肉泥……大小不一的打蛋器，蛋清分离器、水果分割器……要把厨房变成工厂吗？讽刺的是，德国

人的厨房精细得无与伦比，但做出的菜肴却乏味得令人绝望。中国人用两根筷子就解决了所有问题，这种"非工业化"的智慧，对他们来说，真是望尘莫及。

既然有分类，那就有归类，有了归类，也就有了控制。譬如我的好友 Sonja，其实她已经是普遍患有"强迫症"的德国人中非常不具有"强迫"特征的了，也没有那么严谨古板，甚至充满感性。但是，依旧能从她身上体察到德国式的行为风格。譬如这件我们已经讨论了好几个月，至今却还没有了结的事，关于色彩。她一定要分析出自己是属于"Light Spring""Warm Spring""Bright Spring"还是"春秋混合"。最终，在翻看了各种理论，浏览了大量网站，并在诸多商场实地考察后，她断定自己是"Light Spring"，并买了色卡。而令她困扰的是，这个色卡中的颜色，并不是 100% 适合她，而只是90%。就为着这 10% 的不相符，她又开始为自己寻找更合适的色彩体系。这就是德国人，固执地相信，这世间一定有一条真理，足以解决所有问题，从无例外。然后，他们要掌握它，以使自己百战百胜。不过，即使只是 90%，她也已经拿着色卡去买衣服了，看到一件或许合适的，便拿出来比对一

下，然后决定。瞧瞧，似乎什么本可以随心所欲的事情，都能演变成一场科学研究。

此外，他们还对自己的健康异常执着。这本不是坏事，但过犹不及。德国人饮食上的挑剔到了神经质的地步，vegan 和 vegetarisch 的划分再常见不过，然后就是各种"不耐受"。肉类不吃、乳制品不吃、小麦、果糖、味精不耐受，甚至连土豆都不耐受了！点菜前一定要问清，里面的配料是什么。这也得亏是在德国，有耐心、也有能力给你拉个单子，要是以相辅相成交互融合为特色的中国菜，就算说出了配料一二三，但又确实能分得开吗？不管怎样，中德哪国人更健康，我不敢妄下断语，但要说起饮食的乐趣，中国真是要比"为健康吃饭"的德国多多了。当然还有他们的健康风险意识，定期体检，将德国人的 Kontrolle 控表现得淋漓尽致。对此我只能说，德国人有一种可以称之为"轴"的执着，对真理的、对掌控的、对精细的、对类别的，执着。

很多来过的人，都觉得德国非常好，美丽、整洁、有秩序。也确实如此。他们充分地运用人类的智能，努力营造着一种规范，在这种规范中，他们可以看清过去、预知未来，于是自由地、永恒地、舒适地生活。从某种程度上说，他们是最不辜负这一生的人，从生到死，用最经济的方式走最直的路，这条路上的每一步，都闪耀着理性的光芒。

二十六 伊斯坦布尔

不同于妊宁醉心于阿拉伯文化，不同于亚耶因人而旅行，我想要去，不是因为对未知的期待，而是因为对已知的喜爱。就像来德国的主因是足球和巴拉克，拜访科隆是因为大教堂，去汉堡是因为塔利亚剧院的《浮士德》，到柏林是因为久仰的勃兰登堡门与新年的焰火。吸引我的理由，可能是多种多样的，一个人，一个历史事件，一个恢弘壮丽的场景，一个名字。伊斯坦布尔，君士坦丁堡，拜占庭；世界上唯一横跨欧亚的城市。这一次，仅仅这两点，就足以让我从原本紧张的时间里抽出一周去体验一下真实的土耳其。

城市的颜色

对于我这样喜欢靠图像记忆的人，颜色，是我接受一座城市的方式。周传雄有首歌叫《蓝色土耳其》，我很喜欢这个名字，却未见得适合伊斯坦布尔，纵然她有蓝色清真寺，有蔚蓝的马尔马拉海。因为她远不是如此宁静与忧郁的样子，而是色彩斑斓得令人目眩：

蔬果、甜品、美食；衣物、纪念品、生活用品；清真寺、宫殿、

烟花、夜幕……

　　看惯了慕尼黑用砖红与灰色来表达古朴与沉稳，纵然深秋总是被金黄的落叶铺满，也依然会觉得清冷。而伊斯坦布尔，她似乎永如礼花绽放般绚烂，当你置身于焰火中，怎还会觉得寒冷？而色彩不仅带来温度，也带来飞扬的心情：既已被现世的琉璃醉心，又何必再痴恋前尘。

　　所以我说，彩绘，才是伊斯坦布尔的颜色。

美食的国度

　　我以为，衡量一国幸福指数高下的一个重要标准，便是美食。在德国待久了，不跟风吐槽一下德国人的食物，总觉得对不起自己的胃。面包、水煮土豆、水煮菜花、水煮肉片浇酱汁……纵然我爱那水煮的白肠，也只能早餐吃。幸好黄油八字面包（Butterbrezel）、烤猪肘（Schweinshaxe）和土耳其烤肉（Döner）还能令我偶尔打打牙祭，可想想未来，总还是感到绝望。真是搞不懂，为什么德国人肯在厨具上花心思，却始终不愿在菜肴上多下功夫。许是因为他们的科学心理作祟，做菜这件事"跟着感觉走"的倾向太严重，完全不是凭几本菜谱就能成大厨的，索性去其他方面探索，诸如工业、哲学、音乐（因为可以乐谱化嘛）。反过来说，凡是能做出好菜的民族，可能都并不那么看重规则，灵活而随心所欲。譬如希腊、意大利、我中华，还有土耳其。换句话说，这里的人们仿佛更会享受生活，更加快乐自在。这里的快乐，不是指大冬天披着毯子坐在街边，边看风景边喝咖啡就觉得无比幸福；而是指我们愿意花心思，去探索更多的烹饪方法，去把菜肴做得好看，去想方设法地让你通过色、香、味获得愉悦，而不仅是为着有个空闲喝杯咖啡便感到满足。从这个角度说，德国是个理性的民族，他的愉悦，直接汲取于思想，而我们，首先领悟于感官。

言归正传，像土耳其这样极尽绚丽之能事的国家，必不会亏待饮食，于是，在伊斯坦布尔，我找到了回家的感觉。首先要说明的是，土耳其是伊斯兰国家，举国清真。据说穆斯林不吃猪肉，是因为他们认为，猪食万物，甚至饿极了连自己的同类都吃，是不洁的，因此拒食。但这丝毫不影响他们将其他肉类以及蔬菜做得令人垂涎。

虽然吃来吃去大抵不过是烤货，譬如烤羊肉串、烤鸡翅、烤鱼、烤蔬菜、松肉，还有大名鼎鼎在德国就如雷贯耳的 Döner，但就是做得五颜六色，让人欲罢不能。嫩白的鸡肉串泛着油光，奥尔良色的烤翅怎么看怎么外焦里嫩，再配上鸡蛋的嫩黄、尖椒的翠绿、番茄的艳红、茄子的紫黑，还有好吃到爆的橙色米饭，当真幸福满溢。甜品依旧是色彩的世界，红橙黄绿青蓝紫白黑，你甚至不知道，该从哪种颜色开始尝试了。

与德国的外带文化主打八字面包、三明治、干面包夹奶酪和肉不同，土耳其人民拥有的种类要奇特一些。不仅有好吃程度不亚于Brezel的圈形面包，已经爆开的糖炒栗子，还有烤玉米、拉丝糖，更有趣的是时令海鲜牡蛎米饭浇柠檬汁。打捞上新鲜的牡蛎，使其吐沙开壳，再将煮熟的米饭喂好佐料，填充进牡蛎中，将壳重新盖

好，小火慢煨，使牡蛎的鲜浸入米饭，同时米饭的香包裹牡蛎，然后冷却。吃时卖家再将之撬开，浇上柠檬汁，任鲜香之味在口中慢慢融化。如此细致的小菜，德国吃得到吗？从来都是大块的肉，煎一煎，煮一煮，浇上汁；或者大根的香肠，煎一煎、煮一煮，浇上酱，就完事了。从这个层面讲，一个国家是否可称之为美食的国度，是否会做精致美食，是重要的考量因素。亚耶说这生意做得相当省力，往街边一站，卖家撬开一个，买家"吸溜"一声吃掉一个，连座椅、甚至杯盘都不用准备。

此外，来到土耳其，必不可错过三种饮品。其一，土耳其咖啡。我不爱喝，因为它过于浓稠。浓稠到什么地步？当你喝完相当苦涩的一小杯，却赫然发现，其实尚有90%的咖啡像泥沙一样沉积在杯底，用叉子一探，竟有6-7毫米深。其二，苹果茶。"你们要不要喝点苹果茶？"土耳其人好客，无论是在甜品店小坐，还是在纪念品店挑礼物，要么就是在旅行社咨询，都会听到这样的问询，如同打招呼的惯用语一般。在"要"过之后，他们都会端上喝茶专用的细腰广口杯，请我们品尝。茶，是土耳其人的生活必需品，只有喝了茶，一天的生活才算开始，也只有喝了茶，一天的生活才算结束。似乎每时每刻，都能看到他们之中的几个站在街边，手捧茶托，捏起细腰广口杯，呷一口温热暗红却又清澈的茶。要么就是几个空杯静静地躺在墙角，多数还残留着一些"福根儿"，我不知道这是不是专属土耳其人的好彩头？另外，Cayi，是土耳其语"茶"的意思，我觉得和汉语"茶叶"有脱不了的干系，甚至可以猜测，"茶"至少兵分两路被传到西方，一传到了西域变成了 Cayi，一传到了欧洲变成了 Tea 或 Tee。第三，Salep。我将它称为"幸福饮品"。初次品尝，觉得香料味道过重，但自那次在塔尖被劲风吹得通体发冷，回坐在温暖的塔内，俯瞰着绚烂的城市夜景，饮了一小杯加了肉桂的 Salep后，我就彻底爱上了它。香料和肉桂，本是我最讨厌的两种添加剂，因为它们将食材原本的鲜香遮盖得一丝不剩。但这一次，竟奇迹般成为了完美的象征，因为它让我相信，幸福的味道，就是这样的。

一周的美食令我心怀大畅，不仅是味蕾上的，更是感官上的。其实说到伊斯坦布尔的欧亚相交，我觉得饮食便是一大体现。早餐刚刚吃完面包抹果酱，中午就吃了烤串就米饭，前脚刚买了一个"Brezel"，后脚又啃了一支玉米，饭桌上喝了一杯土耳其咖啡，饭后就来了一杯土耳其茶。"左手面包，右手烤串"，是我对伊斯坦布尔饮食特征的形容。保留与融合，尽在这座欧亚大陆的节点城市。

二十七 Ciao Capitano！（再见，队长！）

2013 年 6 月 5 日，德国莱比锡。

就像我不会忘记 2013 年 1 月 26 日的开姆尼茨一样，这一天，也将会在我的记忆中长存。唯一不同的是，并非如前者的惊喜激动，而是以欢乐却忍不住落泪，怅然若失却又满怀温暖的方式。

其实在去莱比锡的前一天晚上，就已经感受到了百感交集的滋味。起因是看到一条消息，说克林斯曼将代替沃勒尔"执教"巴拉克和朋友队。一瞬间，我仿佛又回到了 2006 年，那个童话般的夏天：看见克帅在场边手舞足蹈地指挥，看见他的 Capitano 指挥着战车披荆斩棘，看见弗林斯的远射破门，看见莱曼的扑点，看见斯图加特的焰火；那时模特还年轻，小猪还不是猪总，波尔蒂还是最佳新人，拉姆还是米夏大哥的小弟；施耐德、米洛和诺伊维尔，也都在赛场任意驰骋。后来，就像许多故事一样，"发生了很多很多事"：因为米夏，我开始学德语，然后踏上了德国的土地，足迹遍布他曾经待过的每一个地方，尽力追逐他的比赛，也终于获得了回报。而对他来说，则步步皆是伤：被波尔蒂掌掴不了了之，被特里踢飞欧冠梦想，被大博阿滕所伤无缘南非世界杯，被拉姆夺权队长，被勒夫排挤出国家队，被足协拒绝举行告别赛，然后退役。有时会想，如果时间停留在那个童话般的夏天，该有多好！你还是那个高昂着头充满力量的队长，我不来德国都好。所以这一晚，当我看到 06 阵容的回归，也许只有自己才知道，那是怎样的感慨与怀念。没想到，还能再见。虽然这一等，已是七年。如果把时间算回到使我们初识的那场比赛，算回到被"亨利"调侃为"巴拉克"的日子，已经十一年了。

十一年，我们也能算故人了吧。现在的我，已比原来强大，重要的是，我懂得了对自己想做的事，要用尽全力；可以失败，却绝不能因不努力而失败。而如今的你，将带着无国际大赛冠军的遗憾、这满身的伤和这份一如当年的倔强离开，那就让我以自己的方式对你表达感谢，站在德国的土地上，站在离你最近的地方，为你送行。

6 月 5 日当天。似乎每一件小事，都可以同时戳中我的笑点和泪点。莱比锡大晴天！虽然早就看过天气预报，但还是被这个万里无云的事实感动了，因为之前听说"没有 B 计划，如果发洪水就只能取消告别赛，以后恐怕也不会再安排了"。啊！在命运跟他开过无

数玩笑之后，终于在这最后一次眷顾了他，给了他一个艳阳高照。仅仅这件事，就几乎要让我喜极而泣了。而更有趣的是，我还刚巧经过了他们下榻的酒店；而我住的旅店楼下，就是他代言的旅行社的门店，放眼一望，有三个米夏！

其实，说今天是"米夏日"也不为过。越靠近红牛竞技场，越能看到众多身着米夏战袍的球迷，绝对的米夏球衣大展览！有各个版本国家队的，有拜仁的，有切尔西的，甚至还有一枚大黄蜂乱入，像其他人一样，后面印着"Ballack 13"，却是"Dortmund"的队服。当然，还有我这样，带着药厂的米夏围巾的。于是，这样的相聚，注定将是一场米夏与米夏脑残粉的盛大聚会。事实也是这样。也许这是全世界唯一的一次，观众给每一个人掌声，在米夏出场时更为他起立鼓掌，却毫不留情地给拉姆和勒夫一片嘘声了吧；也许这也是全世界唯一的一处，米夏的每一次控球，都会获得如潮的欢呼，场上的队员，无论己方还是对方，明星还是朋友，甚至裁判，都尽心尽力地陪他玩，喂球、假装扑救、露出空挡、无视越位，是为了让他进球，更是为了让我们这些观众，有更多的机会三呼"米夏埃尔·巴拉克"。坐在他们之中，我由衷地感到幸福，也感到从未有过的温暖。所有人，从四面八方，千里迢迢地赶来，毫不吝惜地献上掌声，只是为了证明，这是你应得到的奖赏和荣誉。没错！你当得起这样的爱戴，受得起这样的赞美，值得被这样尊重。或许你被骂过、被讥讽、被嘲笑、被弃用，但我们始终如一地待你，正如你对自己始终如一一样。

当最后的时刻到来，全场场灯渐暗，一束追光打在你身上，我知道，终于，你要告别绿茵场了。那也是载满了我的回忆的绿茵场，那里有你的青春，和我的梦想。在《My Way》的歌声中，在全场观众经久不息的掌声中，你微笑却含着泪，走过每一个看台，挥手致敬：

我活过一个充实的人生，我经历过每一段路途，
而更重要的是，我用自己的方式。
遗憾，也有一些吧，算不上多，不值一提。
我做了该做的一切，洞悉世事，不求赦免。
我规划过每一段人生，每一个细微的脚步，
而更重要的是，我用自己的方式。
是的，你知道有些时候，我曾背负不能承受之重，
但自始至终，就算充满疑惑，我还是克服困难战胜了它。
我挺直身躯，勇敢面对，用我自己的方式。
我曾经爱过、笑过、哭过，我曾经满足，也曾经失落，
现在，当泪水慢慢沉淀，我发现原来可以一笑置之。
想到我所做过的一切，我可以说，毫不羞愧地说，
我没有虚度，我用自己的方式。
男人究竟是什么，拥有什么？除了自己，我们一无所有。
说出心里最真实的感受，而不是那些身不由己的话。
时间证明，我经受住了磨难，用我自己的方式。

这歌词简直就是你的写照，谢谢你，始终如一。请最后一次倾听我们对你的爱戴，请最后一次接受我们对你的感谢。如今终于要离开了，这片承载了你的汗水、血泪、痛苦与欢笑、遗憾与释然的大地，会不舍的吧，就像我们对你的不舍一样。

那天晚上，真是百感交集。有感激、有不舍、有感动、有温暖、

有怅然若失、也有圆满无缺。我才知道，眼泪中竟然可以包含这么多感觉。我也才知道，原来一个踢飞的球，就能让我对拉姆再无怨言。看到有人说，拉姆成熟了，是时候和米夏说再见了，我又一次泪流满面。是啊，是该说再见了，当年那个要你拍拍头去鼓励的孩子，现在是一个合格的队长了。一直以来，就算我知道你可能不再适合这支德国队，却也倔强地认为你就是队长。也许在骂他们不敬的背后，我不愿承认，抑或是感到心酸的，是他们比你更多的天赋，和比你更好的未来。我不忍心你就这样离去，便索性不去接受。然而今天，这多年解不开的心结，伴着那个高球和你们的相视而笑，一瞬间云淡风轻。呵，那些爱恨，那些是非，原来可以被放下。

米夏，我也和你挥手作别，但你依然是我的 Capitano，这不会改变。你对自己的要求，你对人生的规划，你对进步的渴望，你对胜利的执着；你的坦率，你的倔强，你的努力，永远都会是我的精神领袖。我作别的，是你在绿茵场上的日子，也是我的青春和梦想，那些有你陪伴的青春，和已经实现的梦想。

再见，队长！

除去那些百感交集，这次的告别赛（算了，看在米夏的面子上我说告别赛，其实也就是个表演赛，还不如开姆尼茨那次有进球气氛）还真是前所未有的和谐与欢乐，槽点极多。

　　你见过——看到米夏射门，却忙着拉高短裤露大腿的对方后卫"佩尔·玛丽莲·默特萨克"吗？还随后把自己被刊在报纸上的这幅露大腿照发到了 facebook 上；你见过尾灯叔的"世界级扑救"吗？演技之逼真就好像米夏真的在大力轰门，他扑救不及翻滚在地一样；你见过拉姆射门，我心里刚骂完"你要是敢进球"，他就一脚把球踢飞这赤裸裸的和好节奏吗？你见过拿球的米洛瞅见米夏在身后，就硬生生地把射门改成了助攻吗？你见过小鹰卖萌，被进球后趴在地上半天不起来还打了个滚吗？你见过老糖去打他最不擅长的右边前卫，结果总是把球精准地传给对方后卫吗？你见过许尔勒和德罗巴这两个听不懂什么是"表演赛"的一心想进球的家伙吗？你见过拉姆力争头球的大胆尝试吗？你见过车王变身猪队友吗？你见过终于懂事儿了的三多，在空门前就是不射而把球传给舍瓦，把舍瓦逗得花枝乱颤的桥段吗？你见过抱住守门员的腿以阻止其扑救的攻方队员扬克尔吗？你见过好像刚从郊外野餐回来，就直接上场执法背着双肩背的裁判吗？你见过米夏越位进球裁判却装没看见，观众还欢呼雀跃的场景吗？你见过边裁一认真判了个出界或是越位，却被观众狂嘘的世道吗？你见过鸟叔特别淡定特别正经却又特别好笑地指挥换人的情景吗？你见过一个队里有好几个 9 号在场上踢，还 9 号换 9 号的搞笑事儿吗？你见过几乎整场都没有逼抢、没有摔倒的比赛吗？你见过己方队员负责喂球给米夏，对方队员负责不阻止米夏进球的"米夏杯"吗？你见过球员普遍整场散步，跑动节奏慢得令人发指，却博得观众连连掌声、不断笑声的比赛吗？我这回算是开了眼了!

几乎每个人的每一次触球,都能获得观众的呼应,传坏了大家一起笑,传好了就鼓掌,开始进攻了就加油,射偏了就哀叹,射中了就全场沸腾,真的,每一次,每一脚。所有人都在开心地陪米夏玩,无论教练、球员还是观众,这样的感觉,真是欢乐而又温暖。而我作为米夏的脑残粉,也把脑残发挥到了淋漓尽致,一直在"呵呵呵"地傻笑,引得前座大叔时常侧目。

另外不得不说的是,本次表演赛的 Dramaturgie(戏剧点设置),实在是高明。先是不知道谁取了"巴拉克和朋友队"以及"世界明星队"这两个名字,被吐槽说一个是"巴拉克认为你们不够明星队"和"巴拉克认为你们不够朋友队",强烈怀疑主要是因为拉姆被放在了明星队阵容中。

然后从比赛进球上来看,也相当完美,米夏先是梅开二度帮"朋友队"领先,又以标志性重炮帮"明星队"反超,技术、力量、意志,无不发挥得淋漓尽致。而米夏上半场在"朋友队"踢,下半场在"明星队"踢,也象征了他的两种身份缺一不可,他最后以"世界明星"的身份结束,正当其所。而和不断给米夏喂球,让他进球,让我们欢呼一样,角球策略也有这个内涵。一般来说,米夏是负责争顶的,很少去罚角球,但这场比赛几乎每个角球都由他主罚,因为一接近角球区,就会获得观众如雷的掌声。而比赛踢到 83 分钟就被裁判中止,记住是中止而不是终止哦,正说明了米夏与绿茵场的"情缘"未了,结束的只是段落,而不是篇章吧。之所以这次告别赛选在莱比锡踢,是因为他是开姆尼茨人,从东德起步,在驰骋世界之后,在东德城市告别,正如画了一个圆满的句号。

音乐和文字也都十分给力,不仅邀请到了米夏非常喜欢的挪威

乐队献声，绕场告别时播放的歌曲也是他最棒的写照，而介绍米夏上场的那段话也很是恰如其分：

"他是 13 号，至少有十年，他都是德国国家队在世界舞台上的代表人物。他在 2002 年世界杯对阵韩国的半决赛中，得到第二张黄牌（无缘决赛），却随后用进球帮助球队以 1 : 0 取胜进军决赛。我相信，这已经涵盖了我们所能认识的（足球）运动员米夏埃尔·巴拉克的一切。"

后记

说到底，我的留德生涯与一个名字息息相关——Michael。一个是 Michael Ballack，因他而得以开始，另一个是 Michael Gissenwehrer 教授，因他而得以结束。没错，他就是我在慕尼黑大学的导师，也是一位有趣的朋友。

想想我与老师的相识，也是符合六度关系理论的。如果没有邹红教授，这位我在戏剧文学方面的引路人和乐于让我们见识世界并经受历练的开明长辈，我便不会认识安娜。如果没有安娜，我不会及时拿到慕尼黑大学的博士生录取通知书，也不会顺利地度过那些初到德国的日子，还不会拥有和她一起喝咖啡、谈论中国戏剧的惬意时光，更不会有幸认识我的导师 Michael 先生和好朋友维一。

说实话，有点庆幸自己的导师是奥地利人，没有我擅自勾勒出的德国学者那种严厉、拘谨、沉闷、苦大仇深的特点，而是充满了人情味，也极为有趣。

他对我的洞悉与拯救，从第一学期便开始了。那时很是迷惘过一阵，因为感觉失去了目标，什么都不想做，但即使如此，我也从未缺课。而老师在要面对如此众多学生情况下，竟然关注到了我的隐藏状态！他体贴地让他的另一个中国学生维一照顾我。

我也是后来听维一说起才知道，真是感慨良久、铭记在心。

而老师的有趣则尤其表现在特别捧场。自从知道我喜欢足球，每次见面就都要随口考我两个他在车上看到的足球新闻。譬如"新近下课的沙尔克主帅是谁？德国最大的足球杂志是什么？"等等，我一对答如流，他便哈哈大笑。回国前最后一次见面，他神秘地抽出压在大衣下的一大本东西给我当礼物，我定睛一看，竟然是拜仁慕尼黑的新年挂历！而且这礼物充满了追求智能的水瓶座风格，每一天都有一则关于拜仁的知识。

老师就是这样一个让人感到轻松愉快，很容易和他成为朋友的人。这种轻松，不只是你能够坦率地表达自己的想法，还在于他愿意进入你的语境去谈论事情。所以也难怪，每次两小时的谈话时间过后，总是心情飞扬。

而维一是在慕尼黑陪伴我最多的人，戏剧学系的课堂里、慕尼黑大大小小的剧院中、Odeonsplatz 的四只青铜狮子前、从 Marienplatz 到 Dietlindenstraße 这条长长的路上和它周边的一切，遍布着我们的足迹，也倾听着我们的交流。至今仍怀念学期票尚存又恰逢深秋时，每周末都计划郊游与寻找美食的日子。美好的生活，就是指的这些时光吧。

除此之外，我也深深地感到庆幸，能够认识 Sonja。想我们因邻居而相识，因志同道合兴趣相投而相知，是多大的缘分啊！我们一起研究与人格、色彩有关的诸多课题，也畅谈未来，它们的价值，不亚于我所获得的知识。敏娜也帮我良多，尤其感念她在我初到德国还房屋无着时伸出的援助之手，帮我渡过了第一个难关。当然，始终让我回忆的，还有奴宁、玮蔓、海旭、彦凯、英苇等诸多朋友和与他们在一起的日子，那些充满欢声笑语的、共同经历与品味的日子。

你看，从邹老师开始，这是一条多么富有魔力的锁链啊！我一直深深地感激上苍，能把这条锁链交给我，让我认识这么多充满魅力的人，并和他们成为好友。因为有他们，我才能愉快地度过四年半时光，并满载而归。这不仅是研究上的，更是生活上的，情感上的。

而这一切的一切，更不能缺少了家人的支持。从小到大，奶奶都对我抱有很大期许，她给我的重要帮助，更是不计其数。这些年，我在努力践行曾经暗许的诺言：谢谢奶奶一直以来的帮助，但是，不再寻求庇护，或许才是对这份帮助最大的回报。我希望已能让她放心。而如今，这位睿智、充满理想却又极富实干精神的优雅女性，还在她所认定的道路上奉献着自己的力量，每思于此，我又有什么理由不继续努力呢？

当然，还要感谢爷爷和爸爸。他们话虽不多，我却能感受到他们对我异国留学的每一丝牵挂与担忧，以及这份担忧之后依然保有的理解与支持，和为我思考的每一分、每一毫。可以说，没有他们，我在本书中曾有过的那些思考与感受，都不一定会存在。我衷心希望，他们能够在自己所爱的领域中不断创造，并收获快乐。

我更要感谢姑姑和妈妈，她们总是全身心地为我考虑，从生活到学业，从目下到未来，一直是我最强有力的后援与保障。那些各抒己见的如朋友般的交谈，那些奇妙的一脉相承的观点与习惯，给我们的生活平添了多少惊喜？又带来了多少心安？是的，没有你们，我不可能走到今天。

谢谢，所有我爱的人和爱我的人！

图书在版编目（CIP）数据

一个人的德意志/方婧之 著. --北京：作家出版社，
2017.5

ISBN 978-7-5063-9354-6

Ⅰ.①一… Ⅱ.①方… Ⅲ.①随笔-作品集-中国-
当代 Ⅳ.①I267.1

中国版本图书馆 CIP 数据核字（2017）第 032008 号

一个人的德意志

作 者：方婧之
责任编辑：赵 莹
装帧设计：北星湛
出版发行：作家出版社
社 址：北京农展馆南里 10 号 邮 编：100125
电话传真：86-10-65930756（出版发行部）
86-10-65004079（总编室）
86-10-65015116（邮购部）
E-mail：zuojia@zuojia.net.cn
http：//www.haozuojia.com（作家在线）
印 刷：北京尚唐印刷包装有限公司
成品尺寸：152×230
字 数：138 千
印 张：12.5
版 次：2017 年 5 月第 1 版
印 次：2017 年 5 月第 1 次印刷
ISBN 978-7-5063-9354-6
定 价：30.00 元